Luis Arturo Ramos/Violeta-Perú

ficción
Universidad Veracruzana

LUIS ARTURO RAMOS

VIOLETA-PERÚ

ficción
Universidad Veracruzana
Xalapa   México, 1979

Portada de: *Mullidiseño*

Primera edición, 1979
Derechos reservados © conforme a la Ley por:
UNIVERSIDAD VERACRUZANA
Lomas del Estadio, Xalapa, Ver., México

Dirección Editorial
Sierra Nevada, 319
México 10, D. F.

ISBN   968-5054-46-0

El viento entre los árboles. La costra color café del paisaje. El ciego que canta. Las casas que se achaparran. Un nombre en el respaldo. La lluvia parada de puntitas. Los hombres con cabeza de papel periódico. Los hombres apiñados en la reja. Las calles que se aprietan y tocan casi las ventanas. El borracho que dos veces se empina la botella. La mujer allá abajo, sonriente. Los policías olorosos a cuero. La noche que se alarga. El regocijo de tu estómago. La dentellada de vidrios rompiendo la oscuridad. El sudor en los sobacos. El cara de perro que te mira...

Violeta-Perú

LEVANTAS el brazo para hacerle la parada. Luego brincas al estribo deteniéndote el estómago con una mano. Con la otra adelantas el dinero y recoges el boleto. El chofer te mira y después da el palancazo. Caminas por el pasillo sosteniendo el envoltorio que te abulta la cintura como una preñez de lombrices.

Escoges un sitio junto a la ventana, tres asientos detrás del conductor y comienzas a mirar hacia afuera. Los tumbos del camión te obligan a endurecer el cuerpo o, al menos, a intentarlo. Brincoteando tambíen, la luz de la tarde entra por los cristales y te acalora la cara.

Las casas se arremolinan junto al asfalto. Te prendes a la ventana y miras hacia atrás cabeceando un poco para que los árboles y postes de luz no interfieran. Más adelante, cuando otros coches y pipas y camiones se juntan al urbano, el pasaje se vuelve más numeroso. Señoras de rebozo con flores y cubetas, soldados con macanas y caballeros águilas en las insignias. Niños. Adelante, arriba de la cabeza del chofer, un pájaro loco te sonríe.

Te preocupas un poco cuando miras el nudo de gente que se apelotona en la puerta. Por eso abres las piernas y ocupas más de la mitad del asiento vecino con la esperanza de que nadie se siente junto a ti. Entonces el bultito resbala por tu estómago y toca el triángulo

9

donde se unen tus piernas. Con las manos en red sostienes y cubres el objeto de tus entrañas miedoso de que alguien lo vea y lo reconozca.

Entonces, por primera vez, volteas para ver lo que hay detrás y miras las flores, las caras cerradas por el sueño y al hombre que te mira fijamente desde la última esquina del camión.

Recargas la cabeza en el cristal y cierras los ojos dispuesto a olvidar aunque sabes que no podrás dormirte porque la luz de la tarde te golpea los párpados cada vez que se resbala de los árboles allá afuera.

Allá afuera los edificios empiezan a crecer y los carros se multiplican y las cosas brillan como si fueran de cristal a pesar de la suciedad que pegostea el vidrio de la ventana. Los árboles desaparecen y las distancias se acortan como si la ciudad entera bailara de cachetito con los pasajeros.

El bultito de tu vientre ha dejado de saltar, pero a veces, cuando algún hoyanco le arrebata el piso al camión, lo sientes gluglutear como un recién nacido. Bostezas, te das cuenta de que es domingo y de que tu cara se queda en el reflejo del cristal mordisqueada por la luz y por las otras caras que poco a poco se han ido arracimando al otro lado del pasillo; pero tú has logrado conservar tu territorio con el fingimiento de que estás dormido.

Es domingo y las flores atiborran las piernas de las señoras y sudan un sudor dulce y acaramelado. "¿Cómo dice la canción?... Mi ciudad es chinampa en un lago escondido." Pero te das cuenta de que no eres tú sino la voz que viene de allá atrás y que habla de una hermosa ciudad llena de luz y de brillos y de colores. Te vuelves un poco y miras al hombre abra-

10

zado a su guitarra, las piernas muy separadas para vencer los traqueteos del camión mientras por la boca le sale a chorros la ciudad entera.

Cuando termina de cantar hace una pausa y puja para aclararse la voz:

—Señoras y señores... su atención por favor.

Pero nadie le hace caso y tú te haces más el dormido.

—Señoras y señores, por favor... Les ruego un poquito de su atención.

Y los murmullos se hacen chiquitos y resalta el vozarrón del cantante:

—Santos Gallardo fue un héroe de barriada... Un héroe de mi barrio con el que a lo mejor alguna vez se toparon... Ni bueno ni malo, nomás un hombre, un mexicano que tuvo que luchar desde chiquito para poder vivir... Espero que mi canto les penetre en sus corazones y les ayude a conocerlo aunque sea un poquito como yo lo conocí... Sale, a ver qué les parece... De mi propia inspiración, el Corrido de Santos Gallardo.

Ya murió Santos Gallardo
como muchos lo querían
con tres tiros en la espalda
pues de frente no podían.

En la esquina de su barrio
rodeado de sus amigos
en voz alta les gritaba
"Nadie las puede conmigo"

11

En la esquina de su barrio
a todos los que pasaban
Gallardo los detenía
y luego los asaltaba.

Les dice Santos Gallardo
"Dácame acá esa cartera,
las mancuernas, la corbata
y todo lo que yo quiera".

Jamás usó una pistola
y mucho menos navaja
pues la fuerza de sus puños
a todo el mundo asustaba.

Jamás usó una pistola
y mucho menos navaja
pues con sólo su palabra
a todos sacó ventaja.

Luego se iba a la cantina
a gastarse su dinero
ganado a fuerza de golpes
pues no era un bandolero.

Entre mezcal y mezcal
entre tequila y tequila
gritaba Santos Gallardo
"Ay qué vida tan tranquila".

Si hubiera revoluciones
Santos sería un general
pues era un hombre sincero
valiente a carta cabal.

Fue en la cantina La Raya
y en la raya lo dejaron
donde sus enemigos
por la espalda lo mataron.

Tres tiros nomás le dieron
donde se hacía necesario
pa matar al gran valiente
que era Don Santos Gallardo.

Como yo no sé rezar
a manera de oración
tres flores le quiero dar
flores de mi corazón.

Una por cada balazo
que en la espalda recibiera
una por cada abrazo
que en la vida yo le diera.

Ya me voy a despedir
de este mundo de acechanza
cuidado que Santos Gallardo
ni muerto pierde esperanza.

—...espero que les haya gustado... A continuación
voy a pasar para solicitar su amable coperación y a
ofrecerles mi corrido que como ya dije se intitula Corrido de Santos Gallardo y que sólo les va a costar la
módica suma de sesenta centavos.

Sientes al hombre caminar por el pasillo agitando
un botecito de lata. "Órale joven, copere con el compo-

13

sitor." Finges interesarte en lo de afuera pero presientes que te ha visto mirarlo. Por eso esculcas tu bolsa y sacas algunas monedas cuando el traqueteo de la lata se detiene junto a ti. Extiendes la mano con el dinero y lo dejas caer. "¿Vaquerer su corrido?... Sólo le cuesta un sesentón", dice la voz y escuchas la sacudida de la lata esta vez junto a tu oreja y vuelves a meter la mano en el bolsillo y volteas y miras sus ojos de ostión y te das cuenta de que no pudo haberte visto.

El ciego te sonríe desde atrás de su ceguera seguro de que lo estás viendo a los ojos. Te extiende una hoja de papel. "Sesenta fierros", dice otra vez. Estiras la mano para echar más dinero mientras con la otra sostienes el bultito bajo tu camisa.

En la parte superior del papel una línea dibuja la figura de un hombre que se recarga en un poste; un cigarro en desacuerdo con el tamaño de su cara, despide virutas de humo negro que ascienden por arriba de la figura hasta escribir el título.

. . . .

CORRIDO DE SANTOS GALLARDO

(Una calle sucia y gris, más o menos las cinco de la tarde. De pies, uno de ellos recostado en la pared llena de dibujos y descarapeladuras, dos hombres conversan.)

Hombre Nº 1.—Pos sí mano...

14

Santos Gallardo.—*(Sin hablar, despega el cigarro de la boca y lo limpia de ceniza con ligeros toquecitos.)*

Hombre Nº 1.—Por sí mano... creo que la cosa va derecha.

Santos Gallardo.—*(Chupa pausadamente el cigarro; luego, con un gesto de claras fuentes cinematográficas, despacha el humo con lentitud.)*

Hombre Nº 1.—Derecha, muy derecha.

Santos Gallardo.—*(Nueva emisión de humo; después, negando con la cabeza y el cigarro, dice):* Figuraciones tuyas.

(Un camión de pasajeros transita velozmente por la calle. Los dos hombres echan a andar hacia la esquina en dirección contraria a la del vehículo; el que fuma, arroja la colilla al arroyo.)

Hombre Nº 1.—El viejo ya no quiere nada conmigo... Nadita de nada. Me lo dijo muy claro, a lo derecho...

(Arriban al poste de la esquina. Santos Gallardo recuesta la espalda y ocupa una depresión que sólo él conoce. Desde ahí, sin parpadear, mira las cosas. Se registra todas las bolsas hasta que encuentra un cigarro. Lo lleva hasta su boca y lo enciende.)

Santos Gallardo.—Ay, qué vida tan tranquila... *(La voz se le deforma por la tensión de los músculos al estirar*

15

los brazos por encima de su cabeza; luego, recordando la presencia del otro, pregunta): Y tú, ¿qué vasacer?

Hombre N° 1.—Pos no sé mano... Francamente no sé qué hacer.

Santos Gallardo.—Con esos cabrones mano dura... Sólo eso entienden... Ya ves conmigo... Suavecitos, calmaditos... Hasta da gusto tratar con ellos.

Hombre N° 1.—Pos eso será contigo, porque conmigo es distinto.

Santos Gallardo.—Nada, nada... Lo importante es darles a entender que uno no los necesita... que te valen madres... Por eso yo, nanay... Saben que ni fío ni presto envases.

(El tráfago de los automóviles ha ido reduciéndose. Unos niños pintan con gis una portería en la pared descascarada.)

Hombre N° 1.—Hasta estoy pensando en ir a esperarlo a la salida de la fábrica... ¿Cresquesté bien?

Santos Gallardo.—Ai tú sabrás lo que haces. *(Mira hacia ambos lados de la calle.)* ¿Cómo qué horas serán?

Hombre N° 1.—No sé mano... pero seguro que ya pasan de las cinco.

(En la acera de enfrente los niños patean una pelota.)

Santos Gallardo.—Ah chingaos, ya se me anda haciendo tarde pa la chamba.

Hombre N° 1.—¿Entonces cresque hago bien?

Santos Gallardo.—*(Pendiente de lo que pasa en la calle.)* ¿Qué...?

Hombre N° 1.—¿Que si hago bien?

Santos Gallardo.—*(Estirando el cuello para mirar ambas aceras.)* ¿Haces bien qué?

Hombre N° 1.—Voy... pos lo que testoy diciendo... Lo de la chamba... lo de mi jefe.

Santos Gallardo.——Pérate, que se me van a pelar los clientes.

Hombre N° 1.—Pos contéstame cabrón.

Santos Gallardo.—Pos madréalo...

Hombre N° 1.—Cómo madréalo cabrón... cómo madréalo, pos ni que fuera película de revolucionarios.

(La calle se oscurece. Una delgada llovizna comienza a caer. Los niños patean la pelota ajenos a la llovizna que los aleja y avejenta. El Hombre N° 1 le da la espalda a su amigo. Con las manos en los bolsillos camina dos o tres pasos; luego, repentinamente, se da la vuelta y regresa.)

17

Hombre N° 1.—Ayúdame ¿no?

Santos Gallardo.—¿Y qué chingaos quieres que haga?... ¿Que lo madree por ti?

Hombre N° 1.—No seas así mano. Nomás acompáñame a verlo, tú te quedas ai nomás en la esquinita mientras yo le hablo. Órale ¿no? Nomás pa que se dé cuenta que no estoy solo.

Santos Gallardo.—Voy... Nomás eso me faltaba. Pos ni que fuera tequilita pa darte valor. Me sabía cabrón pero no santo como pacer milagros.

Hombre N° 1.—Quiubo, quiubo, ya párale ¿no?... Si sigues así mejor me voy. (Camina unos pasos, los suficientes como para darle validez a su afirmación.)

Santos Gallardo.—Nombre, pérate.

Hombre N° 1.—(Volviendo sobre sus pasos): Pos es que tú todo lo tiras a relajo.

Santos Gallardo.—Pérate, namás déjame arreglar un asuntito.

Hombre N° 1.—¿Dónde?

Santos Gallardo.—Aquí mismo, aquí mismito.

(Santos Gallardo parece murmurar una canción mientras examina ambos extremos de la calle. Chupa el *cigarro; luego, sorpresivamente, le dice a su amigo):* Te quedas o vas conmigo.

(Sin esperar respuesta echa a caminar, baja la acera y cruza la calle. El otro trata de adivinar sus intenciones por la dirección que toman sus pasos. Santos Gallardo gana la acera opuesta y se reclina en un poste de luz. Saca otro cigarro y lo enciende. El otro se da cuenta de que caminó hasta aquí al encuentro de una persona; una persona que ahora mira caminar pegada a las paredes para evitar la llovizna. Santos Gallardo abandona el arbotante e intercepta el paso del desconocido.)

Desconocido.—Disculpe.

Santos Gallardo.—*(Con voz perentoria y queda mientras lo empuja contra la pared):* Párate ai... párate ai.

(Santos Gallardo se coloca entre el transeúnte y los niños que juegan futbol. La mano del primero contra el hombro del segundo, la punta del cigarro muy cercana a su cara, la rodilla oprimiendo el sexo del desconocido.)

Santos Gallardo.—A ver, a ver, qué trais.

(Tomado por sorpresa el desconocido se aprieta más todavía contra la pared. Santos Gallardo lo urge de puño y de palabra.)

Santos Gallardo.—Qué trais... a ver ¿qué trais?

Desconocido.—*(Mientras trata de sacudirse la presencia encimosa):* Pero qué...

19

Santos Gallardo.—*(Golpeándolo en el estómago):* Calladito... calladito... A ver, pasa lo que traigas.

(Los niños que juegan futbol se dan cuenta de lo que sucede. Abandonan la pelota para mirar. Algunos sonríen porque seguramente conocen a Santos Gallardo. El desconocido los mira con cara de miedo mientras permite que el otro lo registre y despoje.)

Santos Gallardo.—Pásame las mancuernillas... órale. *(Castiga la lentitud con golpes en los riñones, con una mayor presión sobre los testículos.)* Órale, la corbata... ándale, ándale, rapidito.

(La cara del desconocido se ablanda en mil arrugas. Los niños sonríen y se codean llamándose la atención sobre algún detalle particularmente gracioso. El desconocido ayuda a Santos Gallardo a consumar el despojo. Levanta la barbilla para facilitar la salida de la corbata y estira los brazos ofreciendo las mancuernillas mientras la llovizna abraza al par de individuos que se cuchichean amorosamente. El desconocido aguarda con la cara a punto de reventarle en llanto. Santos Gallardo hace un ademán que el desconocido entiende como una orden y por eso intenta marcharse; pero Santos Gallardo lo detiene por el brazo en una acción calculada y precisa.)

Santos Gallardo.—Cuidadito con ir por ai con el chisme porque me enojo ¿eh?

(El desconocido parece no escuchar.)

Santos Gallardo.—*(Jaloneándolo):* Testoy hablando, carnal.

20

(El desconocido asiente repetidas veces.)

Santos Gallardo.—Órale pues, pírese por ai.

(El desconocido intenta marcharse otra vez pero Santos Gallardo vuelve a detenerlo con idéntico ademán. El desconocido comienza a llorar en silencio.)

Santos Gallardo.—No sea coyón, no sea coyón... Mire, le regreso su cartera, ai le puse diez varos pal coche pa que vea que soy cuate... Y ora pírese diuna vez antes de que me arrepienta, como dicen en las películas.

(El desconocido se marcha encorvado. Los niños regresan a su portería de gis. Santos Gallardo vuelve a reunirse con su compañero. El cigarro, con un largo moco de ceniza, a punto de quemarle los labios.)

Hombre Nº 1.—Pinche Santos, no te conocía esas mañas.

Santos Gallardo.—A estos monos hay que enseñarles el cobre, sólo así entienden.

Hombre Nº 1.—Pinche Santos...

Santos Gallardo.—*(Pasándole un brazo por los hombros):* Órale pues, ya te puse la muestra. Te acompaño al camión pa que veas que soy cuate.

(Abrazados caminan hacia el horizonte. Uno de ellos empieza a silbar una ranchera. La noche se desbarranca sobre las cosas como un telón de FIN.*)*

. . . .

Y pensando en su salud te atreves a desabrochar los botones de la camisa y a sacar el pico de la botella. Cuando la destapas sientes el golpe del tequila entumir tu nariz pero no importa. Te haces un poco hacia la pared del camión para ocultar con tu cuerpo el cuerpecito redondo, y enroscado, das un largo trago mientras acercas lo más que puedes la cabeza para no empinar demasiado el pomo. Luego escondes otra vez la botella y volteas para mirar a los pasajeros; pero sólo descubres al monstruote que se menea bailando al compás de la marcha del camión en tanto se prende de manos y pies de los tubos que corren por el techo. Los cuerpos se aprietan y se amaridan y todo pierde su nombre verdadero; tu mirada se enreda en la telaraña de cuerpos hasta que descubres, sentado junto a ti, a un tipo que antes no estaba y que seguramente se aprovechó de tu descuido para apoderarse del lugar.

Sin más remedio te repegas a la pared del camión y miras por el parabrisas lo que el chofer va mirando. Entonces te pasas la mano por la cabeza y sientes los alfileritos de los pelos rascar tu mano y sacarle un ruido de barba recién nacida. Mañana te preguntarán que cómo te fue y no sabrás qué decirles. Vuelves a pasarte la mano por la nuca tratando de encontrar la marca que pudo haber dejado la gorra de chofer pero no la encuentras; piensas que mejor sería decirles que te cachó con la sirvienta en la cama de la señora o algo por el estilo. Te hueles las manos y ahora sí sientes el olor a cuero, a tela sudada y te dices que mejor porque supo que todos los días le robabas un poquito de su loción.

Y para no perder la costumbre le vas ayudando al chofer y cada vez que rebasa o dobla en una esquina

22

te echas un poco hacia la derecha o hacia la izquierda según vaya dando vueltas y sumes el pie en el piso cada vez que algún cafre se te adelanta o te agarra desprevenido la luz roja; pero siempre, en tus orejas, como un besito de novia, el sonido suave y tibio del carro de Don Cayetano Calles.

Arriba de la cabeza del chofer el pájaro loco te sonríe, estira la boca-pico y te enseña los dientes. Con la mano-ala apunta a un letrero que dice NO SE CUELGUE, y para hacerlo más claro, un chango se columpia del cordón de llamada con sus brazotes de elástico. Un poquito más abajo, escrito a rasguñones en la pintura, VIVA LUCIO CABAÑAS. Pero te gusta más la güera que te enseña las piernas de pollo como hacía la sirvienta que te cogiste en casa de Don Cayetano, cada vez que se agachaba a limpiar debajo de los muebles.

Por las ventanas del otro lado del pasillo, miras a tu ciudad enterrada con capas de cuerpos y cuerpos y sólo a veces logras verla convertida en cachitos de color gris. "Mi ciudad es chinampa en un lago escondido", dijo el ciego ojos de ostión antes de presentarte a Santos Gallardo.

Con la mano sientes la hoja de papel cuidadosamente doblada en el bolsillo de tu camisa; luego miras la cara de tu vecino y te parece que hasta lo conoces; pero decides que mejor no porque el trago... ¿tragos?, te hacen sonreír como menso y a lo mejor hasta ves visiones o a la mejor cree que eres joto.

El camión corre por una avenida llena de viento y el viento hace uuuh, uuuh, por las aberturas de la ventana y ninguna cosa puede quedarse quieta; en cambio aquí, los sobacos del pasaje te cantan en la oreja como un coro de niños leporinos.

—Puta pa chinampa en un lago escondido...

Cierras los ojos pero te da miedo dormirte delante de tanta gente, porque a lo mejor te ganan el lugar o te caes o te pasa algo. Miras otra vez a tu compañero de asiento y te das cuenta de que sólo se parece, que no es sino que nomás se parece a un compañero de asiento que tuviste en la secundaria. Miras luego al tipo de adelante; la cabezota que sale del respaldo y que te echa el vaho de vaselina en plena nariz. Te acuerdas de tu propio pelo antes de que el Sisers te trasquilara y lo recuerdas allá, en su peluquería olorosa a talco barato, rodeado de calendarios atrasados más por el gusto de tener paisajes y muchachas bonitas que por hacerle caso al tiempo.

—¿Cómo lo vaquerer? —te preguntó.

—Bajito.

—Qué, ¿a poco se va de cadete?

—Pos más o menos.

Y no te diste cuenta si sonrió aunque lo dudas porque sabes muy bien que no le gusta la milicia, o mejor dicho, los soldados.

Y te le quedas viendo al pelo de aquél y luego bajas la vista y te miras reflejado en el tubo cromado del respaldo y te miras como si te levantaras desde un fondo lejanísimo y viejo, todo lleno de agua y te dices que a lo mejor así eras cuando naciste.

Apartas la vista del respaldo y te obligas a mirar por la ventana mientras te sientes la lengua engordar como cadáver de ahogado por los tequilas que te has echado. Miras los edificios, el sol enmarañado en los alambres de las azoteas, a veces un arbolito rasqueteando la pared; pero tu mano se queda en el tubo cromado que te retrató de recién nacido y camina por la superficie de la lámina hasta que se enreda en un manojo de líneas y no te queda otra más que mirar. Es una palabra. Un nombre: PATI.

Debajo del nombre hay un manchón, una estrella de muchos picos que se abalanzan hacia todos lados como los destrozos de una pedrada en un cristal. PATI Y... vuelves a leer debajo de los pelos de agua mala del tipo de enfrente. Pero la estrella de rayas no te deja reconocer el otro nombre aunque el primero, PATI, te revolotea como una mosca en la nuez dentro de tu cabeza. Tal vez la misma mosca que ahora se para en tu frente y baja luego por tus mejillas mientras te pica en la carne toda sudada. La espantas de un manotazo pero queda en tu mejilla la sensación de sus patas y la vibración del cuerpecito caliente. Te frotas la cara muchas veces y es entonces cuando te das cuenta del olor a cobre mojado. Te acercas los dedos a la nariz y jalas de un soplido el olor gangoso del pescado y te preguntas si no habrá sido que en tus sueños te dedeaste a una sirena.

. . . .

Yo le decía que era como el mar porque siempre olía a pescado; y no podía ser de otra manera, llevaba años trabajando en la empacadora y el olor lo tenía metido hasta en los ojos. Cuando iba por la calle parecía que nadaba; el vestido amplio, siempre holgado, para que sus jefes se dieran cuenta a la primera que nada llevaba debajo *(pero ella siempre se daba mañas para llevarse algunas cosas; metidas en los sobacos, entre las piernas, en cualquier pliegue del cuerpo)*, se ondulaba con su andar y parecía un pez que caracoleara. Un pez sobre la banqueta embarrándolo todo con un olor que ni el perfume más fuerte era capaz de ocultar.

Yo la esperaba todos los días en la puerta de la empacadora hasta que le dio por hacerme el desprecio. La miraba hacer cola antes de salir para que las celadoras, ¿así se llaman?, las tentonearan en busca de las latas de pescado; la mascada alrededor de la cabeza, resguardándole el pelo de la carne de pescado, haciéndola parecer siempre distinta, como una maga o una gitana o como si se llamara de otra manera.

Luego, desde antes de llegar a la puerta, me sonreía; entonces yo sabía que todo iba bien y que de momento no había por qué preocuparse. Y nos pasábamos todo el mes divirtiéndonos, saliendo a Xochimilco, a Texcoco o a cualquier parte, lejos del olor. Pero el olor lo llevaba ella, debajo de las uñas, entre las piernas, cubriéndole de escamas invisibles todo el cuerpo.

Una vez la subí al carro de Don Cayetano, estaba contentísima, la pasié por su barrio para que la vieran detrás de los cristales, en el interior de ese palacio con ruedas que era el coche de Don Cayetano; ella muy seria, sin acomedirse a voltear, pidiéndome que fuera despacio, más despacio, porque le daba mucho miedo la velocidad y a mí a leguas se me notaba lo cafre; pero era sólo para mostrarse como reina dentro de un aparador. Nunca más la volví a pasear aunque ella me lo insinuó muchas veces; llenó todo el coche de un olor rancio y Don Cayetano le atinó enseguida; como si hubiera servido de pecera *(y como si la hubiera visto, porque la Pati parecía un pescadito de colores con su mascada y su vestido detrás de los vidrios del coche),* dijo cuando me reclamó; y eso mismo me dio la idea, le contesté que había llevado a la criada a comprar pescado para todo el mes, la vigilia, Don Cayetano, la vigilia, qué iba a saber él de vigilias.

Luego le platicaba a Santos, huele refeo, a puritito pescado. Y él, burlándose, así les huele a todas. *(No me dolía que me hiciera esas bromas porque sabía que no la conocía. Nunca me pidió que se la presentara, pero de todos modos me daba miedo que llegara a conocerla y le gustara o algo así.)* Y yo, ya van tres frascos de perfume que le regalo. Y él, lo que necesita es aceite, no lociones. Y lo peor era que ella ya no lo notaba, qué bonito huele el perfume que me regalaste, decía sin darse cuenta del olorcillo rancio que traía allí, debajo de la capa de perfume, clavado como un remordimiento. ¿Qué no hueles nada raro?, le decía; y ella fruncía la nariz, olisqueaba hacia la derecha, luego hacia la izquierda y decía que no, muy extrañada. Y el Santos chingue y chingue: Qué, ¿te la coges al mojo de ajo o nomás a la veracruzana? *(Y aunque parezca raro, de esas bromas saqué la idea de llevarla a Veracruz para ver si allí sabían cómo sacarle el olor; o cuando menos que se le fuera con la vista del mar.)*

Una vez le dije que mejor se fuera de criada, que fácil le podía conseguir chamba en casa de Don Cayetano, que así nos sería todo más fácil. Pero ella lo tomó como un insulto, de gata ni en mi casa, dijo, como si eso fuera pecado. Todo trabajo es digno; pero nada. Si trabajas allá no tendrás más broncas con tu patrón y vamos a poder vernos todos los días. *(Ya después me enteré que Don Cayetano era también su patrón por-*

*que también era dueño de la empacadora, y aunque no
lo sabíamos, los dos comíamos de la misma mano.)*

Y yo ya me la imaginaba en la casa de Don Cayetano, con su cofia y su falda negra, viéndole las piernas cada vez que se agachara a limpiar debajo de algún mueble; y le diría por las noches, habla como la mayor, camina como la menor, ponte un camisón de la señora, acuéstate llena de perfume; pero no quiso. Ni modo.

Estaba tan acostumbrada a su olor, lo tenía tan adentro, que ya hasta los de su familia se habían acostumbrado; y eso no era todo, su casa parecía una sucursal de la empacadora y en la vecindad habían comenzado a decirles las sirenas. Ahí vienen las sirenas, les oía decir y a mí me daba mucha lástima cuando las miraba entrar a ella y a su hermana, que no tenía nada que ver, sonrientes, saludando a todo el mundo, peloteándose el olor. Hasta que empezó a darme miedo, porque así como estaba acostumbrada toda su familia y para entonces ya hasta la vecindad, podía pasarme lo mismo. Y sin que me diera cuenta, poco a poco, como el sueño, se me metería el olor debajo de la camisa, se me enredaría en los pelos del cuerpo y pronto andaría por ahí aleteando olores marinos; porque del acostumbramiento del mal ajeno a padecerlo uno mismo, sólo hay un paso y no me quedaría otra más que casarme con la Pati y tener ese hijo por el que siempre le preguntaba.

Pero no había manera de hacerle ver las cosas porque el olor de la empacadora lo traía tan metido como la marca de un fierro de reses; era el olor de su oficio, así como las putas huelen a sábana almidonada.

Y a la hora del amor, cuando la tenía encima de mí, pesaba más el olor que su cuerpo; y eran esos momentos los que más miedo me daban porque el cuerpo se me abría, los músculos se me ablandaban y le resultaría muy fácil al olor apoderarse de mí. Me pasaba las noches en vela, con miedo de que se valiera de mi sueño para volverme pescado. Que me mordiera en el cuello y me echara por ahí la mala sangre como dicen que hacen los vampiros. Por eso me quedaba despierto y me entretenía mirándola dormir, entre las sábanas revueltas, como si nadara en un mar de leche; hasta llegué a encender el ventilador para imaginármela más en el mar, el aire moviéndole el cabello, las olas de la sábana haciéndola flotar, lamentándome de la maldición que le había caído encima llevándome a mí entre las espuelas.

Una vez acompañé a Don Cayetano a sacar dinero de su banco y cuando vi a la cajera rubia manosear los billetes, pensé en mi Pati; también la cajera padecía del olor de su trabajo, los dedos reverdeciéndole de tanto contar dinero, llamando la atención de la gente con su olor a cobre. Seguro que también en su casa se encajonaría ese olor; se amontonarían en los rincones montañas de dinero invisible y todos vivirían con la ilusión de una riqueza de mentiras, como el que vive junto al que se sacó la lotería.

Miré su cara toda preocupada, muy pendiente de que no se le fuera a pelar un manojo de billetes. Pensé que a lo mejor, ¿por qué no?, a la salida del banco hubiera alguien que les tentoneara el cuerpo en busca de dinero. Tampoco la cajera güera se daba cuenta de su olor; también ella se había acostumbrado y en su casa ya no les extrañaba verla llegar con las manos verdosas, oliendo a cobre, ni que cuando se moviera la casa retumbara con un retintín de pesos.

Yo me iba con la Pati por los lugares cercanos con la esperanza de que se le fuera el olor, con la intención, ahora sí, de decirle la verdad. Pati, mi amor, hueles a pescado, por qué no buscas un remedio... Patita, ¿sabes?, de tanto trabajar en la empacadora se te ha metido... O mejor...; pero siempre lo dejaba para otro día seguro de que nada en el mundo sería capaz de remediar el asunto; ni el agua ni el jabón, ni la vista del mar ni nada. Hasta llegué a creer que estaba endemoniada por haberse metido al mar en Semana Santa; pero Santos me quitó la idea de llevarla a que le hicieran una limpia. Sabes cuál es el remedio, me dijo un día en La Raya, la revolución. Uy sí, qué fácil; pinche Santos, ni siquiera llevándola el 20 de noviembre a ver el desfile, a llenarla con cinco horas de revolución, logré que se le quitara el olor.

Y todos los viernes, durante los minutos en que esperaba su salida, antes de que su sonrisa me dijera, todo está bien, sigo reglando *(nunca hablamos de lo que pasaría en caso de tener un hijo; pero los dos teníamos miedo porque sabíamos que si pasaba, quisiéramos o no quisiéramos, nos volvería distintos, como si nos cambiaran el nombre o nos fuéramos a vivir a otra colonia),* y mientras miraba su mascada de colores hacer cola, mientras su cuerpo se ablandaba con los tentoneos de las celadoras, ¿se llaman así?, me prometía que ahora sí ese sería el último mes. Los fines de semana salíamos a los pueblos cercanos, Xochimilco, Texcoco, íbamos a Teotihuacán, y cuando no había dinero, paseábamos por Chapultepec, yo contento de que hubiese tanto aire; nos metíamos en cualquier hotel y dormíamos juntos. Hasta que se me hizo llevarla a Veracruz, paramos en un hotel frente al mar, abrimos las ventanas, nos encueramos y dejamos que nos pegara de lleno el aire del mar. A Pati le gustó la idea, yo le decía extiende los brazos, no pienses en nada, y ella me obedecía. Abre las piernas, ponte blandita, cierra los ojos, mientras el mar, metido en la ventana del cuarto, cerraba los ojos también de tan en calma. Por las noches paseábamos por la playa; quítate los zapatos, anda, métete en el mar; pero eso nunca lo quiso hacer, de noche le daba miedo. Siento como que me van a jalar los pies por abajo, decía, tengo miedo de hundirme. A mí también me daba un poco de miedo el mar, era como miar a solas en la oscuridad, de espaldas a todo el mundo, expuesto a que cualquier cabrón me enterrara un cuchillo. Un día, el último que pasamos en Veracruz, desapareció el olor. De repente me di cuenta de que algo faltaba, era el olor. El aire estaba más liviano, su cuerpo pesaba menos, Pati ya no tenía ese olor. El mar se lo había llevado.

Pero en México el olor regresó. Fue cuando le pegué, hueles a puta, le dije. Y ella, pobrecita, el perfume me lo regalaste tú. Y yo: no hablo del perfume sino de ti, hueles a pescado, a puritito pescado. Pati lloró, no por la cachetada porque se las había dado más fuertes, sino por mis palabras. Se quedó ahí, a media cuadra de la empacadora, llorando solita bajo su mascada de colores.

Antes, al salir, me había dicho muy sonriente, quiero decirte algo; y yo, yo también quiero decirte algo, sin dejar de pensar en el olor que ya me tenía hasta la coronilla, y por borrarle la sonrisa fue que le pegué, y luego, lo que más le dolió. Hueles a puta. Y después, todo arrepentido, unos pasos detrás de ella. Pati, no llores, perdóname, fue sin querer, deveras. Ella nomás dijo que sí con la cabeza, pero a leguas se notaba que era nada más para que no insistiera porque lo que le dije le había dolido mucho. Desde esa vez comenzaron los desprecios y los problemas; a lo mejor ella sabía lo de su olor y le gustaba que yo me hiciera el desentendido. A lo mejor Pati se avergonzaba de su olor y sabía que en la vecindad todos les decían las sirenas nada más por su culpa. Sabía que la gente le hacía gestos cuando se subía a un camión o cuando se arrimaba a los puestos para comerse una torta. Desde esa vez comenzó todo, me dijo que mejor ya no la fuera a esperar a la salida de su trabajo porque su patrón se enojaba, que ya una vez la había regañado delante de todas y que eso sí que no lo podía aguantar, que cualquier cabrón se tomara la libertad de gritarle nada más porque fuera pobre, y que además, en todo caso, tampoco le convenía. Yo no le repelé porque sabía que ese sólo era su pretexto.

Nunca más volvimos a hablar de eso, luego me desesperé por los plantones y de plano ya no sabía qué hacer; pa acabarla de amolar fue cuando me corrió Don Cayetano dizque porque yo era amigo de Santos Desmadre. Hasta lo fui a ver para que me ayudara a hablar con el patrón porque se me hacía que Don Cayetano le tenía miedo; pero también andaba cesante y le estaba entrando a sus mañas con más ganas que nunca. *(Nunca supe de dónde había llegado Santos Desmadre ni cómo fue que lo conocí. Los más viejos de la palomilla cuentan que antes había sido ratero y que había estado varias veces en la cárcel por otros motivos. Que se bajó un día de un camión en la esquina de La Raya con una maletita con el escudo del Atlante y que se quedó a vivir pa siempre.)* Luego, cuando quise ir a ver a la

Pati a su trabajo, me enteré que hasta de turno se había cambiado para que de plano ya no pudiera ni ir a buscarla.

Ahora ya sé que todas las mujeres tienen su olor, la bronca fue que nunca pude acostumbrarme al olor de la Patricia; pero eso de que todas lo tienen es una gran verdad. La Pati, la cajera rubia, las hijas de Don Cayetano, blancas como españolas. El olor de las hijas de Don Cayetano no se puede explicar, le dije una vez a Santos Gallardo. Algún día lo voy a conocer *(es posible que Santos las haya visto algún día pasar en automóvil, quietas como estatuas, sin mirar las cosas de más allá del vidrio de la ventana)*, me dijo muy sonriente con su cara de malo de película. Yo también sonreí, no porque se lo creyera, sino porque se me hacían muy locas sus jaladas. Ya sabrán también a lo que huele el cobre, dijo después mirándome la sonrisa.

Nunca más volví a manejar el coche de Don Cayetanto, ni a oler el olor de sus hijas; tampoco el de la cajera rubia y mucho menos el de la Pati. Y no supe si siguió oliendo a pescado o si nunca más le volvió a bajar la regla.

. . . .

Te despierta la lluvia que se enmaraña en los cristales. La ciudad se frunce detrás de la ventana como un papel arrugado. Vuelve a aparecer el reflejo de tu cara en el vidrio y miras cómo el agua lo avieja y lo hace distinto.

Te entristeces un poco pero no dejas de ver lo que sucede allá afuera. La gente que corre con periódicos en la cabeza, el perro que tiembla en una esquina, el niño que mira, como tú, desde otra ventanita.

Te das cuenta de que puedes ver las manchas y los letreros que parchan las paredes del camión y que la gente se ha ido quién sabe a dónde; pero tu amigo, o el que se parece a tu amigo, está todavía junto a ti. ¿Cómo le decían...? El chofer prende el radio mientras la lluvia avienta monedas al techo del camión y platea las bardas y las cosas como la mano del rey del cuento. ¿Cómo se llamaba? Sólo que en vez de plata era de oro; pero la devaluación es la devaluación aquí y en los cuentos. Miras otra vez las flores en las piernas de las señoras cabecear como viejitas con sueño mientras la música del radio te recuerda al ciego y a su guitarra. "Métete Teté, que te metas Teté. Métete Teté, no lo repetiré... Eh, métete Teté..." El Teterete. Le decían el Teterete y era presidente de la mesa directiva ¿o estudiaba en la Prepa Cinco y se lanzaba a grillar a la secundaria? "Oiga, qué de casualidad no le dicen a usté el Teterete, porque si usté es el Teterete entonces yo soy aquel..." Pero mejor no porque a lo mejor te cree joto y con más razón si le sales con una rapaelada.

Mejor le das otro trago, largote, a la botella, aprovechando la pasmada que se dan los pasajeros mirando la lluvia. Sientes en la boca el gusto lodoso del aguardiente y sientes cómo la lengua se te va poniendo panzona y crece y crece dentro de tu boca y te da miedo de que puedas mordértela y morirte del puritito coraje como dicen que hacen los alacranes de Durango que desparraman su ponzoña, háganse a un lado ca... mio-

34

nes, que la vida no retoña. Porque sientes el veneno del coraje bien metido en el corazón que es la bolsita donde se guarda la muina y de tanta se revienta y se sale el agua apestosa de los corajes y te quema y te pudre todo por dentro hasta que se te empieza a salir por todos los agujeros del cuerpo que es cuando empiezas a apestar y ya no tienes más remedio porque ya te vas a morir. Pero antes tienes que llevarte por delante al jijo de su rejija de Don Catano el Regiomontano y lo vuelves a ver entre ceja y ceja apuntándote con la mano y diciéndote ¿Quién se cree usted que es, cabrón, pa llevarse a pasear a su querida en mi coche? Y ni pa rogarle al muy cabrón ni volver a pensar en el Mercedes prometido; bueno, prometido a su mujer pero que de todos modos tú manejarías. Y mejor vas pensando en lo que les vas a decir a los cuates aunque sería mejor decirles lo de la sirvienta. Lástima de greña, y te vuelves a pasar la mano por la nuca y no sientes el aro que deja la gorra alrededor y miras al de adelante pero ya no está y qué bueno que no esté porque sentías refeo cada vez que le veías la mata. La mata, la mete y se la mete. "Métete Teté, que te metas Teté. Métete Teté, no lo repetiré. Eh, métete Teté."

El camión traquetea sobre los charcos inventando abanicos, pavorreales, conchas de todos colores. El chofer sonríe como sonreías tú cuando pensabas en el Mercedes que pronto manejarías y en lo chingón que te verías con tu peladito a la cadete y tu gorra militar y tu tacuche de choferazo manejando por la mar enorme de la ciudad llena de islas de cemento y de sirenos con copete de papel periódico.

Pero a todo se lo cargó la chingada y no tener siquiera un cuatacho como el tal Santos Gallardo que le dijera al pinche viejo mentiroso "Ora viejo cabrón, o le da de verdá su chamba aquí a mi amigo o se va a acordar del primer gachupín que llegó a estas tierras". Sacas entonces el papelito y buscas los versos que crees recordar. Sí, ai mero están: Si hubiera revoluciones, Santos sería un general... Y ya te lo imaginas con su sombrero de charro pareciéndose a Jorge Negrete y matando güeros culeros que no cumplen lo que prometen como en aquella otra película que a la mejor luego recuerdas.

Y para no dejar, y a tu salud y a la de la cabrona vida, otro tequilazo mientras allá atrás, si hasta parece que las oyes, las flores se alocan de lluvia como mujeres calenturientas y tú no dejas de pensar en el Mercedes que debería llamarse Patricia como la vieja esa en que alguien pensó cuando escribió el nombre en el respaldo del asiento.

Tratas de mirar hacia afuera, aburrido ya de las flores pantioneras y del olorcillo dulzón que ahora sientes revuelto con el de la gasolina; pero la lluvia no te deja ver las cosas con claridad; la gente se desbarata como muñecos de tinta machacados por el agua y tú los ves deshacerse poco a poco como al vampiro con la estaca en el corazón. Miras otra vez al vampirito convertirse en ciruela pasa; luego miras aparecer las llagas y ves al drácula pudrirse sobre las losas del cementerio hasta que sale, blanca como vil plátano, la calavera ojerosa de tan sin ojos. El hueso que se derrite en polvo, el viento que se lo lleva... FIN.

Miras pero la lluvia empaña tanto el cristal que hasta escribir se puede y tú escribes un nombre que te has aprendido de memoria; luego te acuerdas de la botella y te doblas un poco y brindas a la salud de tu

36

cuate el chofer colega tuyo y de la virgencita de guadalupe que se pega a la pared del camión para protegerlo
de cualquier mal, aunque tú no la necesitas porque
para eso traes como un escapulario a tu amigo Santo
Clos Gallardo que jamás usó una pistola y mucho menos navaja, que a todos les pone cola y a ninguno se
le raja. Entonces te acuerdas y sacas de la bolsa del
pantalón tu navaja sesenta y ocho cincuenta y la colocas
sobre tu pierna derecha; luego sacas el papelito doblado
y lo extiendes sobre tu pierna izquierda y, cuidándote
muy bien de no picarte, porque estás aquí por corrido
no por pendejo, agujereas al güey que se recarga en el
poste del corrido: chin, chin, chin, hoyos en el cuerpo,
tres veces: chin, chin, chin, hoyos en la cabeza, otras tres
veces. ¿Qué pasó Santos Payaso? ¿No que muy muy?
Pues a mí me la Pérez Prado con música de mi ciudad
es chinampa en un lago escondido.

Pero después de todo tú qué culpa tienes si a lo
mejor ni existes y sólo eres un invento del pinche ciego
ojos de ostión. Por eso, y pacer las paces, salucita, órale
Santín; pero la señora ya te vio, ah cabrón, conque chupando ¿no?... ¿qué no ve que hay niños, señoras de
respeto?... Guarde eso o lo acuso con el chofer... Por
eso, nanay, mete la botella debajo de la camisa, junto
a tu carne para que encarne, que te enfríe tantito el
cuero porque hace reteharto calor... rico ¿verdad?
Sientes cómo se te respinga el pellejo... Ándale mi
amor, muévete allá adentro como fetito cincomesino;
házle a papá cuñá cuñá, o mejor gluglú paquestés más
en tu papel, y a la mejor mañana papi pare botellitas
igualitas a los abuelos. Ándale, platícale quedito a tu
papi para que se duerma y la vieja bruja lo deje de mirar
y se meta los ojos por donde le quepan.

37

Pero no es sólo la mujer la que te mira porque cuando te das la vuelta te das cuenta de que hay otro que también te clava los ojos en la cabeza y ahora parece estar más cerca de ti. El olor a tequila sale y entra porque respiras por la boca abierta. Quieres seguir tomando pero te dan miedo los ojos del hombre que no deja de mirarte. Te gustaría que el Teterete te reconociera por fin, que se volviera un poco y te dijera "quiubo cuais, ¿no invitas?" pa tener siquiera con quien platicar.

Recargas la cara en el vidrio de la ventana para ver si eso puede despejarte un poco. Afuera, junto a una reja de alambre, un grupo de hombres se aprieta para caber debajo de un techito mientras el aguacero los arrincona como si estuvieran cayendo perros bravos. NO HAY VACANTES. Y te imaginas que como esa debe ser la fábrica de Don Cayetano.

. . . .

Estaban todos ahí, colgados de la cerca de alambre, arracimados como monos de las tetas de la mona, tratando de oír lo que Don Cayetano hablaba con los líderes. Yo nada más lo miraba agitar las manos que tantas veces había visto en el respaldo del coche, quietas como palomas.

"Viejo rata", le gritaban algunos. "Pinche viejo rata." Yo me escondía de las miradas de Don Cayetano tras los cuerpos de los obreros. Nadie podría escuchar lo que se hablaba entre los líderes y el patrón; pero todos se amontonaban tras la cerca de alambre que separa a la calle de los patios de la fábrica. Más allá, a unos veinte metros, estaban los celadores.

"Los tres güevos", la escuadra doblando el cinturón y mostrando la tela de la pretina, balanceándose del vientre a la cadera como un güevote gigante y mal puesto. "Los tres güevos", por güevones y por hijueputas. Todos, siete u ocho, enmedio del patio liso, pendientes de las manos de Don Cayetano.

Y lo de "pinche viejo rata" se seguía escuchando para que, a veces, uno de los líderes se volteara y "compañeros, por favor". Pero Santos Terror gritaba más fuerte: "A la chingada que... vamos a quemar la fábrica." Pero todos continuaban arracimados a la cerca namás viendo a Don Cayetano manotear y a los celadores caminar para todos lados, nerviosos, como perros que presienten.

Me alejé de la cerca, me abrí paso entre los trabajadores y me fui a sentar en la banqueta. A leguas se veía que yo no era de ahí; con mi pelito corto y las manos limpias, con la marca de la gorra todavía en mi cabeza como cadete del colegio militar. Creo que hasta algunos me conocían y se les hacía raro que el chofer de Don Cayetano anduviera en esos dengues. A lo mejor haciéndola de espía.

Por eso, al principio, hasta me puse a corear los gritos para que no me desconfiaran y me fueran a madrear; pero después me di cuenta que no tenía caso. Total, la bronca no era conmigo. Ya habría otro chance de hablar con Don Cayetano y por lo mientras no me convenía que me viera en ese relajo y luego fuera a pensar que yo era uno de los huelguistas o de lo que se tratara ese desmadre que estaban armando ahí.

Cuando me bajé del camión no pensé que se tratara de una huelga porque sólo vi al bolón de gente y hasta creí que se trataba de un pleito o algo por el estilo; pero luego, al irme acercando, empezaron a brincar los gritos y divisé las primeras caras todas revueltas por la muina; entonces me di cuenta de que algo andaba pasando y hasta me detuve a pensar si mejor me regresaba.

Enmedio del patio la línea de celadores pintaba una raya color caca. Vi también a Don Cayetano coloradote junto a la prietez de celadores y líderes. Luego descubrí al Terror ir y venir azuzando gente, echando madres, el cigarro siempre arrinconado en la boca. Me cayó gorda su actitud, ¿para qué andar metiendo malos pensamientos? Lo que queríamos todos era trabajar; al menos eso era lo que yo quería; volver a meterme al calorcito del coche de Don Cayetano, oler la piel de los asientos y escuchar el ruidito suave que hace el coche al caminar.

Santos Terror sonreía enmedio del relajo; luego, de repente, gritaba algo que algunas voces repetían. Hablaba con los obreros, discutía, levantaba los brazos, se metía en la trabazón de gente y de un brinco se trepaba a la cerca más arriba de las cabezas de los demás. Desde ahí gritaba cosas o trataba de oír lo que se cuchicheaba el grupito de allá adentro. Siempre detrás de él, siguiéndolo quién sabe cómo, su amigo el ciego con su guitarra abrazada, viéndolo todo con sus ojotes blancos llenos de espuma. Algunos les hacían burla. "Ese mi Terror, a poco ya te metiste a líder del sindicato de ciegos invidentes." Y el Santos muy serio. "Qué pasó compañero, más respeto para la desgracia ajena." Pero seguía y seguía con su asunto. Se alejaba del enredo de gente, le daba la vuelta a la bola por afuera, se ponía las manos en la boca y empezaba a gritar... Atrás, el Extasiado, que así le decían a su cuate el ciego porque siempre traía los ojos en blanco, andaba como en su elemento caminando al tacto entre la pelotera. A veces, cuando pasaban los camiones de pasaje, namás veíamos las ventanas cacarizas de ojos agrandados y pendientes de la revoltura. Pero a no ser por eso, lo demás parecía como todos los días.

En esas estábamos cuando reventó un rasguido que silenció los otros ruidos. La maraña de gente se inclinó hacia adelante y algunos comenzaron a gritar en forma distinta. La cerca de alambre se había vencido por la presión en pleno del sindicato. Los celadores, "los tres güevos" contando la pistola, empezaron a correr hacia Don Cayetano con las escuadras golpeándoles las nalgas y las verijas como una cola mocha.

Don Cayetano levantó los brazos y todos se detuvieron; pero dos de ellos siguieron caminando y se colocaron a los lados del patrón. De los edificios empezaron a salir diez, veinte, más de cuarenta celadores sacados de quién sabe dónde porque nunca hubo tantos en la fábrica. Todos traían garrotes en las manos.

Los de acá, de este lado de la cerca, comenzaron a chiflar y a burlarse de las maniobras. Yo me acerco otra vez a la reja y miro a Santos enchuecado por el sudor y el humo que sale de su cigarro; detrás de él, el Extasiado mira al cielo con sus ojos abultados mientras abraza su guitarra como si fuera una ametralladora. Santos habla al oído de los obreros mientras el ciego dice que sí con toda la cabeza. Santos manotea, señala la fábrica, a los celadores, a él mismo mientras las caras de los otros a veces dicen que sí y en otras se quedan sin decir nada. El Extasiado como si olfateara el cielo.

41

Luego desaparece y se queda nada más el humo de su cigarro enredado en las cabezas de los trabajadores; pero luego vuelve a aparecer allá lejos, donde todos puedan verlo. Hace con las manos un canal para su voz y grita: "Esos líderes ya transaron" y miro después cómo sus palabras imantan otras y otras hasta que suenan más de mil y se comen los otros ruidos y los convierten en uno solo.

Los obreros empujan otra vez la cerca queriendo acercarse al grupito de allá adentro. Los celadores se ponen nerviosos, abren y cierran las manos alrededor de la macana y se miran y se dicen cosas entre ellos. Don Cayetano se separa del grupito y camina hacia la reja de alambre que por el lado de adentro casi toca el suelo. Me acerco a la reja para tratar de oír lo que va a decir. Más allá, como a cincuenta metros, el Terror y el Extasiado se han callado también y miran a Don Cayetano.

"Los líderes... SUS líderes, van a entrar a las oficinas para que podamos discutir con más comodidad... AQUÍ ES IMPOSIBLE... por favor, háganse a un lado para que sus ayudantes puedan entrar."

Entonces te das cuenta de los tres monos que cargan portafolios y que uno de ellos tiene sangre en las narices y la camisa toda rota. Luego aparece la voz del Terror que grita del otro lado de la pelotera. "Queremos entrar todos... Queremos oír."

La gritería se desparrama otra vez. "Sí, sí, sí", como el ruido de la lluvia sobre los árboles. Don Cayetano levanta los brazos como si fuera un cura. "ESO ES IMPOSIBLE muchachos, compréndanlo... Ustedes eligieron a SUS REPRESENTANTES y deben concederles ahora un voto de confianza..." Los tres hombres con portafolios, muy

42

juntos, tratan de pegarse a la cerca y miran esperando que les abran.

"No, no, no... Solos se van a vender. Solos se van a vender", y las voces se encadenan otra vez y todos aúllan y llevan el ritmo con las manos y luego con los pies hasta hacer retumbar en su centro la tierra como dice la otra canción.

Separados de todos los demás, Santos y el ciego gritan atragantados de palabras. La vena del cuello les engorda con los alaridos. Se convierten en momias engarrotadas con la gritería. Don Cayetano aguanta el empujón de los alaridos con los brazos cruzados sobre el pecho y con la cabeza gacha como si rezara un padre nuestro. El patio parece que se aleja o se hiciera pequeñito. Luego los gritos se empiezan a adelgazar y algunos tratan de revivir el vocerío pero ya nadie les hace segunda. Las voces se apagan y Don Cayetano levanta la cabeza de toro como si acabara de despertar. Más allá, detrás de todo, las nubes se amontonan en un rincón del cielo.

"Y bien muchachos... ¿QUÉ DECIDEN?... O sus líderes entran y hablamos... o aquí no ha pasado nada..."

Los trabajadores cuchichean, reculan; la reja se abre y los tres hombres entran de puntitas, caminan por el patio sin voltear y se juntan con el grupito de allá adentro. Uno de ellos se limpia la sangre de la nariz mientras detiene el portafolios con las piernas. Luego, todos comienzan a caminar hacia las oficinas al otro lado del patio. La línea de celadores se acerca a la reja de alambre. La pelotera se ablanda del otro lado y los obreros se van por ahí a echarse una torta o un refresco. La garganta arde. La cosa estuvo dura, ¿no?

Otros buscan el pasto, un árbol para recargar la espalda. Los vendedores hacen su aparición; los puestos de fritangas empiezan a humear. Algunos señalan la reja abombada, la rotura del alambre y hasta imitan el rechinido que soltó cuando empezó a rajarse.

Santos camina por ahí seguido del Extasiado; se acuclilla y habla con los obreros; algunos lo escuchan y otros dicen que no con la cabeza. La mayoría come, platica, mira de vez en cuando las ventanas de las oficinas. Los perros del vecindario se acercan a olisquear los papeles grasientos, a pelearse por pedazos de pan o de tortilla.

Santos se cuida muy bien de no acercarse a ningún perro. Termina por sentarse en la banqueta. A su lado, el Extasiado tatachuntea en la guitarra.

—Hijos de la chingada, esto acabó en un día de campo.

Te acercas a él, sonríe al mirarte; "quiubo mano"; y tú: "quiubo". Te sientas junto, la fábrica atrás, a tus espaldas. Santos Gallardo mira a los perros cuidándose de que no se acerquen. Luego como que se da cuenta de lo raro de tu presencia y pregunta.

—¿Y tú qué...? ¿Ya te volviste proletas o namás vienes a manifestarnos tu apoyo moral?

—No, namás vine a ver qué ondas.

—Abusao que no te vaya a ver el viejo porque te corre.

—Si ya me corrió desde cuándo... ¿Qué ya no te acuerdas?

—A pos sí de veras... pero qué pasó por fin ¿le chocaste el coche o le viste a la señora encuerada?

—No, si fue por un desmadre con la gata. Luego te cuento... Y el Ceguetas qué...

Desvías la plática para no tener que seguir mintiendo y dar lugar a que el Santos se entere que namás veniste a lloriquearle al viejo para que te devolviera la chamba. El Éxtasis sonríe y mueve la cabeza al oír su nombre, pero no deja de tatachuntear en la guitarra.

—Qué pues Ceguetas —le preguntas—. ¿Ya no chambellas en los camiones?

—Ai nomás de vez en ratos —contesta el Extasiado más interesado en sacarle una tonada a la guitarra que en platicar contigo.

Santos Gallardo prende otro cigarro.

—¿Qué te parece? Un pinche día de campo.

—No hay conciencia manito, no hay conciencia —dice el Extasiado quién sabe si componiendo una canción o contestando.

—Ni modo mano, así son las cosas —dices tú.

—Qué cosas ni qué cosas. Les hubiéramos dado en la madre.

—Ya cállese, compañero —dijeron por ahí.

—¿Qué cosa...? —dijiste tú.

—Que se calle el hocico —repitieron.

El Extasiado deja de maniobrar con la guitarra y busca con la nariz la voz agresora; pero eres tú el que se adelanta.

—¿Por qué no mejor vas a callar a tu chingada madre?

La voz hace su aparición; es casi de tu edad, ojos achinados. Un bigotito mancha la parte superior de su boca que se abre y se cierra masticando pedazos de torta; en la mano, sostenida por el cuello, una botella de refresco llena hasta la mitad.

Te pones de pie, esperando el ataque, las manos

45

abultadas en dos puños, indeciso para lanzarte sobre él.
La boca que no deja de abrirse y cerrarse te deja ver
el bolillo macerado. Miras también el líquido que se
agita en la botella y la manera que tiene de agarrarla.
Te lo imaginas abalazándose sobre ti y ves a la botella
chocar contra tu cabeza. Por eso metes la mano al bolsillo y tocas la cacha de la navaja de botón. Detrás de
ti, mirándolo también, Santos Gallardo lo mide. El
Extasiado, perdido en su blancura, amenaza:

—Voy, voy, culero... ¿A poco muy chingón?

Los nubarrones que se habían apilado en un extremo del cielo se abren a lengüetazos de relámpago
hasta que se desmorona el montón de nubes. La lluvia
comienza a caer sobre la calle, sobre el patio partido
en dos por los celadores. Todos corren a guarecerse bajo
las cornisas, los aleros, los toldos, lejos del bloque gris
de la fábrica.

—No se vayan. No se vayan —gritan algunos.

Pero todos corren mientras el cielo se abre y truena
y el fríito que se despega del agua comienza a chupar
el tuétano de los huesos. Santos, el ciego y tú se quedan
solos enmedio de la calle mientras los edificios de la
fábrica se achatan con la lluvia.

—Te fijas Terror —dice el Extasiado al sentir la
lluvia en su cara de ciego—. Hasta Diosito está con los
patrones.

Dos horas después, cuando ya los guardias se cobijan
bajo los techos de la fábrica, ven salir el automóvil que
tú alguna vez manejaste con los tres líderes en el asiento
de atrás. Al pasar por donde están ustedes te parece ver,
pendientes, los ojillos azules de Don Cayetano.

. . . .

Miras la placa de agua que se despedaza en el cristal como un bloque de hielo puesto al calor. Las cosas se aclaran allá afuera y hasta parece, aunque deben ser casi las seis de la tarde, que otra vez saliera el sol porque de las orillas de las azoteas escurre una claridad color limón como si alguien estuvieran canteando un espejo lleno de luz. Pero tú no puedes sentir el olor de la lluvia enmascarado como estás por el entumecimiento del tequila. Sólo escuchas el sonido de las campanas que seguro repican en las iglesias del centro. Sientes que el tequila te mete una corona de espinas en la frente y que el zacate del aguardiente te raspa la lengua. La hoja del corrido se escurre de tus piernas y apenas si logras detenerla para que no caiga. Entonces miras otra vez a Santos Gallardo recargado en el poste. Tocas luego el bulto de la navaja y piensas que mejor hubieras comprado la de botón pa haber clavado al culero ese que te echó bronca porque ahora qué vas a hacer con esta navajita de marica, con lima, cortauñas y todo. La mides con el tacto y te das cuenta de lo delgada y liviana y pinche que se siente. Luego te miras las manos y tratas de sacar con la uña del dedo gordo la manchita de grasa que se quedó debajo de la uña del de enmedio. Te das cuenta de que te estás haciendo tarugo porque ni siquiera la lima, ni la tijera, ni el agua ni el jabón pudieron ablandar la costra. Extiendes las manos sobre las piernas y te vuelves a mirar las uñas recortadas y los puntos blancos que aparecieron después del remojo de más de una hora. Cruzas los brazos sobre el pecho y miras cómo más allá de la trompa del camión se alborota la bola de gente cargada de flores tratando de ganar un buen lugar en la banqueta para subir primero.

Te das cuenta de que las dormidas no te han hecho pasarte del lugar al que vas porque toda esa gente seguro que va al pantión y por lo visto todavía ha de quedar muy lejos. Sabes que aunque te distraigas otra vez la escandalera que van a armar cuando se bajen con todas sus flores y cubetas y niños, te va a poner en guardia y te vas a fijar en el pantión y en la entrada con un letrero en un idioma que no entiendes y verás a toda esa gente meterse en el camposanto y perderse entre las cruces y las tumbas y las estatuas de ángeles y cristos y vírgenes que siempre ves cuando pasas por allí.

La gente sube al camión a tropezones y camina por el pasillo; algunos ocupan los lugares vacíos y los demás se amontonan en el corredor afianzándose a las agarraderas de los respaldos o al tubo que corre por arriba. De buenas a primeras el camión se llena y miras nacer otra vez al monstruo todo lleno de brazos y de piernas mientras las cabezas se derraman por arriba como la espuma de la cerveza.

En el pasillo, delante de ti, una mujer sostiene un enorme ramo de flores que un hombre decapita con el ala de su sombrero. Cada vez que mueve la cabeza o da un tumbo el camión, la cuchilla del sombrero corta cabecitas empetaladas o, en el mejor de los casos, las hiere de muerte. La mujer se da cuenta inútilmente porque el nudo de pasajeros no la deja cambiar de lugar. Ni siquiera le permite voltearse de espaldas y defender con su cuerpo las florecitas que caen y caen y vuelven a caer. Sin ningún chance de proteger sus intereses, la miras pedir ayuda con los ojos, amenazar de muerte al desalmado mientras se le parte la boca, se le arruga la carne y le sale el sudor por la frente. "Señor, por favor... fíjese usted... me maltrata mis flores." El hombre se vuelve hacia la voz y lo miras descabezar más florecitas perfeccionando el tajo con un movimiento circular. "Señor, por favor... fíjese usted que me maltrata mis flores." La mujer recalca el "mis" como si eso pudiera condolerlo o al menos traerle a la memoria el sapientísimo apotegma juarista que te hicieron repetir tantas veces en la escuela. "¿Y qué quiere usté que haga?", responde el otro muy sorprendido. "Quítese usted el sombrero por favor", dice la mujer. "¿Y con qué lo agarro? ¿qué no ve que tengo las manos ocupadas?..." "Pues es que me está maltratando mis flores", insiste la mujer. "Pues ni modo, hubiera agarrado un coche..." "Y usted debería tener más cuidado que yo también pagué boleto..." Pero el del sombrero le da la espalda queriendo terminar la discusión y vuelven a volar las cabecitas mientras la pelotera va y viene en el camión que traquetea como con tosferina. Entonces la mujer le tira el sombrero de un manotazo y el otro sólo dice: "Ora vieja mula..." "Mula su madre hijo de la chingada, le dije que tuviera más cuidado..." "Si me lo rompe me lo paga", dice el del sombrero. "Págueme primero mis flores..." Las palabras zumban sobre los hombros del pasaje mientras las caras se asoman entre los cuerpos y desde allá atrás, los que no pueden ver, silban y aconsejan y animan: "Sácale los ojos vieja loca..." "Descuéntala pendejo..." "Ay, ay, que la mata."

Y tú te preguntas que por qué la gente será tan mal hablada y recuerdas al Filin Gud diciéndote que eso sería aquí, porque lo que es allá, en los Unites, la gente no es tan picardienta, aunque sus razones tendrán para no serlo porque algunos con apretar un botón

49

colorado lo arreglan todo, como los gringos que namás aprietan el botoncito colorado para que empiecen a salir cuetes y más cuetes hacia todos lados, Rusia, China, Cuba y puede que hasta para México porque seguro que no se les olvida el resto de gringos y gachupines que mataron Zapata y Villa cuando la revolución; y así, como quien no quiere la cosa cae un cuete en Mexiquito lindo y a chingar su madre un buen tanto de mexicanos y luego, am sorri, fue sin querer, si hasta creímos que nos iba a caer a nosotros; a nosotros madre, lo que pasa es que no se les olvida la matazón de gringos que hicieron Zapata y Villa; eso no se les va a olvidar nunca, y luego sale el méndigo de Don Cayetano conque buen porte y buenos modales abren puertas principales pero que la raza mexicana es una raza de mal hablados; pos claro, qué querían, si no tenemos cuetes ni lana para comprarlos, porque ellos con sacar un fajo de billetes o con apretar un botón lo arreglan todo; pero aquí es necesario usar la lengua; si no ai que lo diga Juana Gallo en esa película cuando uno se le acerca y le dice: oiga mi coronela o generala figúrese que ya no hay parque, y ella le contesta, pues miéntales la madre que también les duele; y tú nomás sentiste cómo se te puso la carne de gallina nomás de oír esas cosas; la María Felis con la ceja arqueada y la mano en la cintura, pues miéntales la madre que también les duele porque para eso no hay trinchera que valga porque esté uno donde esté ahí mero llega el ramalazo de la mentada. Y eso que los enemigos eran también mexicanos, que si no, más emoción, como en la otra película donde inventaron el himno nacional y la muchacha encierra al amigo de Pedro Infante y le dijo que no le abría hasta que no compusiera el himno nacional porque ya lo andaban necesitando porque llegaron los franceses con sus pantalonzotes bombachos y ya estaban derrotando a los mexicanos cuando a uno se le ocurre empinarse la corneta y tacatá tatatá, tacatatá tá; ahí sí fue el acabóse; todo el mundo se emocionó el resto y al oír el himno toda la gente del cine se puso de pie mientras en la pantalla los mexicanos regresaban y correteaban a los franceses a punta de machetazos... Y a ti ya hasta se te figuraba andar en la bola arreando güeros cabrones que no cumplen lo que prometen y a la mejor por eso te corrió Don Cayetano porque seguro que te vio con Santos Gallardo armándole un broncón de aquellos en su fábrica y por eso apenas ayer ¿o fue hoy? que te llama a la terracita a la hora del desayuno y cuando llegaste a la terracita llena de pájaros de colores y lo viste ahí todo oloroso a lavanda y con su bata de seda y a los dos perros echados al sol como sultanes, pensaste que sólo quería decirte algo sin importancia; pero entre el juguito de naranja y las moronas de pan tostado en la boca te dijo que por subversivo y por güevón y aunque se parecieran no quería decir lo mismo, te le fueras ya, pero ya, ahoritita mismo. Y te miras pensando que apenas ayer, porque eso fue hoy a pesar de los engaños del tequila que te has zampado; apenas ayer sábado fuiste a la peluquería para recortarte los pelos que se te empezaban a salir debajo de la gorra y todo para que él te viera bien y te quisiera y le comprara el Mercedes a su mujer que de todos modos tú manejarías; pero no, sólo te dijo te me vas y pensaste en la navaja que te habías comprado para tener las manos siempre muy bien presentables porque él te había dicho que las manos son las credenciales de todo buen chofer. Y te fuiste quitando poco a poco el saco con hombreras y el pantalón de gabardina y supiste que esa sería la última vez que te veías de cadete y que escucharías el ruidito suave del coche y no le dijiste adiós a nadie y te saliste por la puerta de atrás y caminaste hasta la primera tienda y te metiste y le dijiste al tipo deme un tequila y no me la envuelva porque me la llevo puesta. Y luego te esperaste en la esquina hasta que viste al Violeta-Perú muy lejos entre los árboles y le hiciste la señal de parada; pero antes te metiste la botella debajo de la camisa para que no te la viera el chofer y te subiste y vas tomando tequis tequis tequesquitengo tengo para dar y prestar. ¿A poco no?

Y otra vez salucita virgen de guadalupe allá enfrente para que te ayude a pensar en lo que le vas a decir a los cuates, que te corrió el viejo porque te cayó con la Patricia en la cama de la señora o con la señora en la cama de la Patricia o con ambas dos en la cama de piedra de su puto corazón que se han de comer los gusanos, viejo hijueputa, ¿y ora qué vasacer?

El olor de las flores se bambolea revuelto con el de la gasolina; sabes que por el momento no hay por qué preocuparse porque el pantión está lejos y tú vas más allá del pantión. Por los ojos se te mete un mar dulzón que te pesa en los párpados pero no te quieres dormir; por eso, tratando de que nadie te vea, le das otro trago y otro escondido en parte por el periódico que el Teterete extiende ahora junto a ti. Entonces miras la foto de dos hombres que se abrazan enmedio de un salón color gris. Tratas de leer la explicación de la foto pero los brincos del camión revuelven los dibujitos negros y no los puedes poner en fila; sin embargo, los movimientos le dan vida a la pareja que ya no se abraza sino que se sacude las manos hasta que por fin puedes leer que el señor Irigoyen, gerente general del... pero el tequila se te amontona en la boca y no puedes leer y tomar al mismo tiempo; además el esfuerzo te marea y te hace hacer el bizco. Tapas la botella y la metes otra vez bajo tu camisa, luego abres la ventana y el ruido te escupe la cara. Te das cuenta de que alguna gente ha empezado a bajarse y que los que antes cargaban flores ya están sentados. Buscas un lugar vacío porque quieres cambiarte pero no hallas ninguno. Te levantas para ver mejor; le dices compermiso a tu cuate el Teterete y te pones a mirar hacia atrás. Algunos pasajeros te devuelven la mirada, como el hombre ese que desde siempre está ahí y parece que viene acercándose porque cada vez que lo ves, lo ves más cerca y ahora te está mirando la cintura y te tienes que poner la mano (una, porque con la otra te estás apañando del respaldo para no dar el madrazo) sobre el bulto y sientes al líquido dar pataditas contra las paredes de vidrio.

Te vuelves a sentar; te muerdes la lengua gruesa de tequila porque casi ya no la sientes; quisieras mirar la botella para ver cuánto has tomado. Empiezas a meter la mano bajo la camisa pero es ahora el Teterete el que se voltea hacia ti y "qué pasó carnal ¿ya no te acuerdas de mí?" Pero no. Ojalá hubiera sido así. El culero sólo dice "compermiso" y se inclina hacia ti para jalar el cordón y pedir la parada y te preguntas si no te habrá olido porque frunce la cara cuando se acerca y se te queda viendo un ratito y tú te haces el pendejo y volteas para la ventana queriendo no madrearlo con la pedrada del olor. El Teterete (pero no puede ser el Teterete porque él no se hubiera apretado), se levanta y deja el periódico en el asiento. Nomás te da tiempo de jalarlo antes de que la gorda se siente junto a ti.

Ordenas las hojas del periódico y las colocas en tus piernas. Buscas la foto de los hombres y cuando la encuentras miras fijamente al hombre gordo y grande que se parece a Don Cayetano pero que no es Don Cayetano. La explicación de la foto dice que el señor Irigoyen gerente general del Banco de Comercio otorga al señor Nelson Villar un diploma por los servicios prestados. Miras la foto y ves cómo, cuando subes y bajas el periódico rápidamente, las manos se mueven y las caras sonríen. También te das cuenta de que los dos hombres parecen padre e hijo porque uno es grande y gordo y blanco y el otro es güero y chiquito y delgadito y seguro que hablan inglés y se espantan de las groserías.

Recargas el periódico en tu estómago y sacas la botella. Luego apartas un poco el diario y miras la cara de retrasada mental que tiene la anforita; te das cuenta de que no te has bebido ni siquiera una cuarta parte y te pones a calcular el tiempo que ya llevas en el camión. Después envuelves la botella con el periódico procurando que pueda destaparse sin dificultad; la levantas hasta tu boca y mientras tomas, lees las letras muy cerca de tus ojos: ELSON VILLAR PLOMO VICIOS PRESTADOS.

El camión se detiene taponado por el tráfico; allá abajo pasan los coches hasta que poco a poco se van deteniendo también. Exactamente junto a tu ventana miras las piernas de una mujer y el triangulito que se encueva entre sus muslos. El camión avanza un poco y tienes que volver la cabeza para seguir mirando. La mujer te mira también y sonríe y hasta crees que abre un poco más las piernas; luego se pone una mano en la cara y te hace una señal de burla porque se mete el dedo gordo en la boca y estira el dedo chiquito como

si tomara de una botella. Después, con la misma mano,
te señala algo que está del otro lado de la calle y que
tapa la fila de coches; pero cuando la calle empieza a
vaciarse, descubres al hombre que se empina una botella
como si tocara una trompeta.

. . . .

El Güero Villar.—Empleado del Banco de Comercio
(sucursal Avenida Juárez) y maestro particular de inglés. Se ignora la causa de su participación en el asalto
aunque se sabe que es hijo de un refugiado español.
Su padre alega que padece trastornos mentales y que no
es responsable de sus actos.

El Teterete.—Fósil de profesión en la Prepa Cinco
desde 1968. Dice no conocer a Don Cayetano Calles
(principal accionista del Banco); pero participó en la
acción por solidaridad con uno de los inculpados (ver
Nota Importante) a quien conoció en la Escuela Secundaria Artículo 123.

El Filin Gud o *El Feeling Good.*—Ex-bracero (de ahí
lo anglosajón del apelativo) y empleado de gasolinera.
Participó en el asalto por algo que él mismo define como
"odio de clase". Hasta el momento se ignora qué trató
de decir.

El Pelos o *El Sisers.*—Peluquero profesional. Se dice que
estuvo en España (compañero de armas del padre del

Güero Villar), Tlatelolco y Bahía de Cochinos. Participó en el asalto porque dice que "era su deber". Se ignora también qué quiso decir con eso. Se sabe que estableció contacto con la banda por mediación de uno de los inculpados. (Ver *Nota Importante.*)

Yolanda del Mar o *La Sirena.*—Única mujer participante. Tomó parte en la acción por dos razones: 1) Ser amante de uno de los inculpados (¿Santos Gallardo? ¿Nota Importante?... Esta Institución lo ignora realmente) y 2) Por cuestiones de su personal incumbencia.

El Éxtasis o *El Extasiado.*—Guitarrero urbano y compositor de sus propias interpretaciones. Participó en la acción por razones relativas a su profesión, ya que por ser biógrafo del cabecilla principal, alega que debía estar al tanto de los acontecimientos. "No tengo credencial porque no me dieron chance de entrar al sindicato de periodistas", gritó cuando se le exigió alguna identificación que lo habilitara como reportero, oficio que alegó desempeñar y que lo libraría de toda culpa.

Santos Gallardo o *Santos Terror* o *Santos Siluetas.*— Obrero en una de las fábricas de Don Cayetano y futuro asesino del mismo. Cabecilla de la célula terrorista "La Raya" o "En la Raya", según se le añada o se le suprima el "en", quiere decir dos cosas muy pero muy diferentes. Se ignoran más datos acerca de este individuo.

Nota Importante.—Se desconoce la filiación del hombre de confianza del cabecilla, aunque se sabe que es el autor intelectual de muchos de los atentados. Para mayor información ver *Teterete, Pelos* y *¿Yolanda del Mar?*

Esto habrían de decir algunos días más tarde las fichas de la policía; pero por el momento, más o menos en ese orden, fueron llegando los miembros de la célula "En la Raya". Algunos, como al Güero Villar y a la Sirena, los conocerías en esa ocasión aunque a la segunda se te hacía que ya la habías visto en alguna otra parte. Desde tiempo atrás, y por separado, utilizando el organigrama "Colmena" que sólo permite tener contacto con el eslabón más próximo de la cadena subversiva, habían estudiado las posibilidades de ataque y se habían decidido todos por separado, lo cual daba idea de la cohesión del grupo, por el Plan 007, que consistía en hacer creer que sólo eran siete aunque en verdad, como los mosqueteros, eran más: ocho en este caso. El hombre número ocho jugaría un papel muy importante ya que de él dependía la realización del asalto. Por votación, y tomando en cuenta que ya antes habías sido el número 1, se decidió que tú representaras el papel número ocho; así que, de ahora en adelante, usaremos esa denominación cada vez que nos refiramos a ti.

Y en verdad que te echaste un ocho porque tú serías uno de los sobrevivientes del atentado que tenía por objeto reducir a cenizas uno de los símbolos del poder de la sociedad actual. Lo que nunca sabrían, a pesar de las muchas conjeturas que hasta la muerte atormentaría tu vida y la de los sobrevivientes, fue el nombre del soplón, o soplona, porque uno de los más firmes candidatos era una mujer conocida como la Tapatía, la misma que entregó a Don Benito Canales a los federales para deshonra de La Perla de Occidente, que así se llama el lugar donde trabaja. Por supuesto la idea surgió del Extasiado que se sabe al dedillo todas las manifestaciones del folclor rural y urbano y que se enteró (para desgracia de la mujer, puta en La Perla de Occidente, en caso de que ésta fuera inocente) que era amante del Teterete y que éste, a pesar de su filiación política, tenía la mala costumbre de despotricar a la hora de la hora; esto es, de coger.

El caso fue que, cuando todo parecía estar saliendo a las mil maravillas, se aparecieron patrullas, yipes y soldados y acordonaron el sector en pugna con todas las armas que la más moderna tecnología castrense puso a su disposición.

Lo que pasó después es lo que a continuación se relata.

En el orden, digo, en que después aparecerían las fichas en los archivos policiacos, fueron llegando los miembros de la célula "En la Raya"; el último en llegar fuiste tú: el Número Ocho. Eran exactamente las nueve menos cuarto y las armas estaban escondidas en los botes de basura y en las estatuas de la Alameda del lado de la Avenida Juárez.

El Güero Villar, empleado del Banco, se presentó vestido como de costumbre (corbata, saco sport y perfectamente peinado); era el único que traía el arma desde su casa, oculta en el portafolios donde guardaba sus papeles del Banco y de sus clases de inglés, las cuales impartiría luego del asalto allá por Polanco, cosa que daba muestra de la seguridad y confianza que tenía en el feliz logro de las acciones.

Tres hombres: el Teterete, el Filin Gud y el Pelos (también conocido como el Sisers), se apostaron en lugares estratégicos y fijados de antemano. (Nunca se supo —como siempre sucede en estas cosas— si estaban fijados de antemano porque eran estratégicos, o si se volvieron estratégicos nada más porque los fijaron de antemano). Pero en fin; el primero, detrás de uno de los leones del Hemiciclo a Juárez, otro, junto al puesto de periódicos más cercano a la puerta del banco; el último se situó al otro extremo, al lado izquierdo de la entrada principal. La Sirena, el Éxtasis y Santos Siluetas, se confundieron con la gente que ya para esas horas echaba la güeva al sol en la Alameda.

Todos vieron al Güero Villar aparecer del otro lado de la Avenida Juárez con su portafolios en la mano derecha; a las nueve menos diez hizo una señal al guardia de seguridad y éste le abrió la puerta; sin volver siquiera la cabeza el Güero penetró en el Banco.

A las cinco para las nueve hiciste tu aparición, contento de que nadie pudiera reconocerte porque, a excepción de Santos y del Sisers, y a veces pensabas que también de la Sirena, nadie te sabía miembro de la célula terrorista gracias al organigrama "Colmena". Vestido de traje y corbata, aprovechando el corte de pelo y la postura que te había enseñado Don Cayetano, simulabas a la perfección un falso origen de clase. Tú serías el primero en entrar y esa sería la señal para que el Güero te reconociera como amigo; detrás de ti, cuando te colocaras al otro extremo del mostrador que da a la calle Marroqui, entrarían en plan de ataque Santos Siluetas, Yolanda la Sirena y el Éxtasis con sus lentes negros para que nadie se diera cuenta de que estaba ciego.

A las nueve menos dos minutos, estabas frente a la puerta del Banco con tu cara de C.P.T. esperando a que abrieran; de soslayo observabas a los desconocidos que merodeaban por los alrededores preguntándote quiénes serían los otros tres compañeros y sin esperarte la sorpresa de saber que ya los conocías casi a todos.

Del Siluetas y su grupo ni rastro; lo cual te tranquilizó porque sabías que todo andaba bien precisamente porque no los veías y de eso se trataba.

Te empezaste a poner nervioso cuando un tipo se emparejó contigo frente a la puerta del Banco y momentos después otro más (luego sabrías que uno de ellos era un agente secreto y que tenía por misión marcar al Número Ocho y anticiparse a todas sus jugadas), pues no sabías si eran amigos, enemigos, o público nada más. Repasaste mentalmente el plan y no recordaste a nadie junto a ti en el momento de entrar; aunque no conocías la identidad de todos los miembros de la célula, estabas informado del número de participantes y de los movimientos de cada uno de ellos. Te preguntaste cómo haría el Güero Villar para reconocer al amigo del enemigo; te preguntaste si no sería conveniente adelantar una señal de complicidad; hasta te preguntaste si no sería el mismo Santos Siluetas disfrazado de dos tipos a la vez como era su costumbre; pero lo único que no te preguntaste, y ahí estuvo el error, fue si aquello no sería una celada.

A las nueve de la mañana el policía bancario placa 3.1416, abrió las puertas del Banco de Comercio Sucursal Avenida Juárez y el Hombre Número Ocho entró al vestíbulo junto con dos desconocidos.

Cruzaste diagonalmente el vestíbulo vacío y te dirigiste a tu puesto fingiendo estudiar los papeles que traías en un portafolios igualito al del Güero Villar. El Güero te miró pero no dio ninguna muestra de reconocimiento. A las nueve y 45 segundos irrumpieron por la puerta principal, fieramente armados, Santos Siluetas, Yolanda del Mar y el Extasiado. En ese momento también, el Güero Villar sacaba su automática y uno de los desconocidos, extrañamente alejado de ti, le vaciaba la suya al otro desconocido. También, como tú, el agente no había sabido quién era el Tercer Hombre; tu pelito corto y la facha del otro lo habían engañado.

La Yolanda partió en dos al agente con la ráfaga de ametralladora que le dejó ir por la espalda. El Güero encañonó al gerente del Banco y tú, de cuclillas ya del otro lado del mostrador, extrajiste de tu portafolios el artefacto cuadrado y lleno de alambres. El Éxtasis, imponente tras sus anteojos negros, hacía como que resguardaba la puerta principal mientras Santos y la Yolanda desarmaban a los otros policías bancarios.

En ese momento se escucharon las sirenas de mil carros patrulla y, en ese momento también, empezó la mala fama de La Tapatía a quien mataron de soledad los solidarios clientes de La Perla de Occidente cuando se enteraron de su ¿traición? De la Avenida Juárez, en abusivo sentido contrario, bajaban aullando las patrullas y los camiones sin paredes de los granaderos llenos de cascos azules; del otro extremo de la Avenida corrían con las armas embrazadas los miembros de uno de los grupos paramilitares, todos con su distintivo en el brazo derecho y gritando ¡Cuatro! ¡Cuatro! ¡Cuatro!, cada cuatro pasos. El Pelos, el Teterete y el Filin Gud empezaron a disparar hacia todas direcciones.

El Siluetas se percató de la seriedad del momento y con grandes alaridos apresuraba la maniobra. Tú corriste hacia la bóveda principal que el gerente había abierto ya obligado por el Güero luego de tres breves cachazos. Ahí, atarantado por el olor verde de los billetes, colocaste el artefacto explosivo y oprimiste el botón encarnado que lo activaba. La balacera arreció alla afuera. Después te dirían que el Pelos había mantenido a raya,

61

durante ocho minutos, a más de sesenta fachos del grupo paramilitar G.D.O. El Teterete, apoyado en el lomo de uno de los leones, repelía los ataques que surgían del otro lado de la Alameda; y el Filin Gud, cubierto por el estanquillo de periódicos, les gritaba "Tikirisi, tikirisi" que, junto con la frase que dio origen a su apelativo, formaba todo el repertorio de inglés que había aprendido luego de siete años de pizcar tomate en California. El ciego, conteniendo las ganas, se cuidaba muy bien de hacer fuego para no pegarle a uno de los cuates; pero gritaba a boca tendida todas las palabrotas que se había aprendido en sus casi 50 años de mexicano.

Con 45 segundos de retraso y la operación en grave peligro de fracasar, el Hombre Número Ocho activó la bomba en la entraña olorosa a pesos de la bóveda del Banco de Comercio Sucursal Avenida Juárez. El Siluetas y la Yolanda habían hecho que los policías se colocaran pecho-tierra para que no les pasara lo que al perico, porque después de todo, ellos qué culpa tenían. Las balas de los atacantes empezaban a destrozar las inmensas vidrieras y a incrustarse en el mostrador de granito, lo que obligó al grupo del Siluetas a unirse a los otros detrás del mostrador. Allí, conferenciaron durante unos segundos. La dirección del tiroteo que ya venía de un solo lado, les daba a entender que sus amigos habían sido muertos o hechos prisioneros. Cualquier intento de escape por el frente sería una locura como lo había demostrado el fin de la película Buch Cásidi; por lo que optaron por una fuga hacia el único lugar despejado: los pisos altos del edificio. El Güero Villar encañonó al gerente del Banco y, al grito de "arriba y adelante", se lo llevó de rehén.

Afuera, los cuerpos del grupo de protección manchaban el asfalto de la Avenida Juárez. El Pelos, medio cuerpo dentro de un exhibidor de zapatos, enseñaba la suela de los suyos con el pecho trillado a balazos. El Teterete domaba leones al pie del Hemiciclo a Juárez después de haber sembrado en el jardín de la Alameda más de doce cuerpos azules. El Filin Gud, sin parque, repetía un "tikirisi" incesante que en su delirio, confundía con el tableteo de su metralleta.

El grupo del Siluetas y sus acompañantes ascendieron las escaleras del edificio mientras la policía, el ejército y los paramilitares, que después habrían de jugar un papel tan importante en la Revolución de Mayo, llenaban los espacios olorosos del banco haciendo crujir los vidrios con sus bototas. Las dos únicas víctimas en el interior del Banco pegosteaban el cuerpo contra el piso de mármol. En ese momento, el tic-tac de la bomba se detuvo y, un segundo después, la boca redonda de la bóveda escupió pesos, dólares y metal amonedado de alta denominación, con tal fuerza, que el jefe de los atacantes, Coronel Pedraza, resultó ahora sí condecorado con un peso de oro que se le incrustó en la frente y le causó la muerte. Presea que, entre otras cosas, habría de sumarse a la medalla de plata que conquistó en el inolvidable México 68.

Todo esto permitió que los asaltantes llegaran a la azotea, cortaran los cables de los elevadores y atiborraran las escaleras de escritorios, sillas y con cuanto Dios les dio a entender para entorpecer el paso del enemigo. Acción por completo inútil; en el vestíbulo del Banco y en la Avenida Juárez frente al edificio, policías, soldados y paramilitares, daban saltitos en el aire para cazar las mariposas verdes de los billetes.

Mientras tanto, en la azotea del edificio, los miembros de la menguada banda "En la Raya", deliberaban acerca del futuro de Don Ernesto Irigoyen el cual, por razones que no cabrían en una hoja de papel e investido simbólicamente de la personalidad de Don Cayetano (que era en verdad al que le traían ganas), fue condenado a muerte. Más por iniciativa propia que por decisión de grupo, se eligió a La Sirena para consumar la ejecución, quien, luego de mirar una vez más al Número Ocho como había venido haciendo sin que éste se percatara desde que se inició la acción, dijo al encapillado pero dirigiéndose más que nada al Número Ocho: "Lo siento amigo, pero la Revolución vuelve a quien la toma, gavilán o paloma." El Número Ocho, que la veía por primera vez con atención desde que empezó todo, se preguntó si la peluca rubia y el maquillaje exagerado no ocultaban a alguien antes vista y sentida; pero la ráfaga de la metralleta lo puso a pensar en otras cosas.

Allá abajo, en plena Avenida Juárez, los boleros de la Alameda, los empleados de Bellas Artes y hasta algunos turistas hospedados en el Hotel del Prado (lo que por supuesto estuvo a punto de causar graves conflictos internacionales, como ya se han encargado de consignar tantos estudiosos del asunto), apagaron su miedo y se echaron a la calle a cazar dólares o de perdida pesos. Pronto hubo más cazadores que dinero y pronto empezaron los pleitos. Y así los boleros se juntaron con los pordioseros; los empleados con los empleados y los soldados con guardias civiles y policías para poder agarrar más billetes; y de los insultos se pasó a los golpes y luego a las armas y así fue, digan lo que digan los libros de Historia, como se inició la Revolución de Mayo,

64

donde dio tanto que decir el grupo paramilitar G.D.O. que usaba como distintivo la V de la victoria en la manga derecha y donde Santos Terror y su grupo, luego de escapar por las azoteas aprovechando el borlote, habrían de eliminar a Don Cayetano Calles de un balazo en el corazón.

. . . .

.

El camión se aleja del borracho que todavía te mira muy extrañado; luego se repone y hasta te dice adiós con la mano. Te ríes de tus pendejadas y te imaginas a la Avenida Juárez llena de billetes y a toda la gente dando brinquitos para agarrarlos como en Buch Cásidi cuando la voladura del tren. Contento le das otro trago a la botella a la salud de Santos Gallardo y kalimanes que lo acompañan y te preguntas que qué no harán en el próximo capítulo. Por ahora lo único que te preocupa es el asunto ese del chivato y te da miedo de que alguien, a lo mejor el mono ese que te mira y te mira, te esté mirando también los sueños y le dé el pitazo a la tira. Ojalá que no, porque si sí, entonces tú eres el rajón, La Tapatía, el judas sin saberlo y sin quererlo.

Te buscas la botella debajo de la camisa pero ya no está; miras después a donde estaba el Teterete pero ya no está tampoco porque lo mataron cubriéndoles la retirada. Sólo miras a la gorda que se siembra y se repega. Te preguntas si sería posible que pudiera pasar algo así en esta ciudad. ¿Cómo dice la canción? ...Chinampa en un lago escondido. Y te contestas que no, que a lo mejor en el cine o con los estudiantes como cuando las Olimpiadas que las calles se atascaron de soldados y los tanques recorrían las calles y los camiones sin paredes de los granaderos se aparecían en cada esquina y Don Cayetano ¿te prohibió que llevaras a sus hijas a ver las manifestaciones...? Pero no, eso fue mucho antes, cuando ni siquiera sabías manejar y las pantallas de las televisiones amanecían llenas de caras de estudiantes y las calles parchadas a letreros que repetías en voz alta y que hicieron que el capitán les dijera que ya mejor no fueran a marchar y que no hicieran caso de las provocaciones.

Te fijas otra vez en los letreros y en las cosas que se deshacen allá afuera como si el camión fuera jalando el hilo con que están tejidas todas las cosas; miras la rubia que se repatinga en el banco mientras las nalgas se le derraman y la división de los pechos le marcan una raya en el escote y recuerdas que no la viste en el otro Banco cuando todo el mundo entró a quemar dinero. Pero luego, cuando un jalón del autobús avienta a los pasajeros hacia un lado, descubres las cruces alemanas arañándose allá adelante, una Z cortando otra Z hasta formar una cruz buena para crucificar arañas o para llevarla prendida en la manga como los alemanes en las películas o como los del Pentatlón en tu sueño. Mejor miras por el parabrisas lo que el chofer mira y tratas de recordar lo que se siente manejar y te repatingas en el asiento y te rascas el sobaco y miras hacia atrás por el espejo y dices "aquí no hay parada, seño", "ya la oí señora, ya la oí", "cuántos, joven", "corriéndose por favorcito". "Ya la oí señora, ya la oí."

Recuestas la cabeza en el respaldo y sientes a la grasa masajear tu nuca pelona y vuelves a ver a Don Cayetano diciéndote desde el volante de su carrazo que si quieres trabajar con él lo primero que tienes que hacer es pelarte y quedar decente como Dios manda porque buen porte y buenos modales abren puertas principales. Por eso ai vas de pendejo a la peluquería para que el Sisers te aliviane la maceta sin saber siquiera si el viejo te va a emplear o cuánto te va a pagar. Pero te dejaste convencer por el espejito que te fabricaste en la cabeza y en el que te mirabas retratado con tu gorra de militar, tu tacuche lleno de botones y apantallándote a todas las gatas de Las Lomas y Tecamachalco, que por ai trabajan las más buenas. Por eso ai vas a ver al Sisers aunque ya sabías que te iba a salir con lo de siempre, que España, que Cuba, que Bahía de Cochinos; que Tlatelolco y la matazón de estudiantes; y recuerdas la vez que te metió, como quien no quiere la cosa, unas fotos entre las hojas de la revista que ya te tenía preparada y le tuviste que preguntar que quién era ese señor con la gorrita chistosa y el puño levantado como hacían los negros en las Olimpiadas y el Sisers te dijo que ese era el saludo verdadero y no la V de la victoria, que era cosa de maricones. Entonces tú, para molestar, le preguntaste que si la V no era la señal de los peluqueros y para que te entendiera abriste y cerraste los dedos como si tijertearas y él se enojó otra vez y no volvió a abrir la boca... Pero si te fijas bien, podrás darte cuenta que todo eso sucedió hace mucho tiempo, cuando todavía andabas de conscripto y te ibas a peluquiar más seguido.

Esta vez, ayer, llegaste a ver al Sisers y le dijiste que bajito; y él te preguntó que si ibas a entrar al Colegio

Militar y tú le dijiste que casi casi. Entonces te preguntó que si te sabías el de la cámara que sacaba fotos a medias y tú le dijiste que no. Y el Sisers empezó con el cuento del hombre que había inventado una cámara que sacaba fotos a medias, que nada más aparecían las cosas útiles porque las que no servían no salían con esa cámara. Entonces un día que lo mandan llamar para que le sacara una foto al estado mayor español y que lo mandan fusilar porque lo único que salió fueron tres plumas fuente y un condón todavía utilizable; y se empezó a reír en tu nuca cuando te aclaró que ni siquiera habían salido los escapularios a pesar de que todos traían. Entonces te acordaste que ya te lo había contado nada más que con el gabinete presidencial y que además del condón y las plumas había salido una banda tricolor. Luego saliste de ahí con frío en la cabeza y fuiste a la tlapalería a comprar la navaja y estuviste a punto de escoger la de botón pero te hacía falta la lima y el cortauñas porque es muy importante que todo buen chofer tenga las manos limpias.

Cierras los ojos y te das cuenta que se te afloja el cuerpo y que la sangre ya no te golpea tanto en la cabeza. El camión se detiene y todo se amontona en la ventanilla. Miras una calle angosta como esas en que según el corrido acostumbra trabajar Santos Gallardo; hasta te preguntas si no estará asaltando el camión en ese momento y muy pronto lo verás aparecer por la puerta vestido como *El Valiente* de la lotería, con su cuchillo en una mano y la cobija enrollada en el brazo; pero no, porque dicen que jamás uso una pistola y mucho menos navaja; además ya está muerto, aunque lo traigas en la bolsa de la camisa comiéndote el corazón para no morirse del todo como hacen los vampiros.

Junto a ti, pero allá afuera, la cara del hombre se levanta a la altura de la tuya; mira hacia adentro como si buscara algo. Luego te descubre y te sonríe. Pero no puede ser el borracho de antes, todos se parecen porque el aguardiente iguala las caras. Pero el teporocho te mira y te mira como si fueras una mariposa dentro de una vidriera. Está borracho, más que tú, sonríe, arruga la cara para saludarte; luego se echa una carcajada y le miras la lengua atrofiada por tanto aguardiente aletear allá dentro. Levanta la botella, te la enseña y te convida a beber con él. El movimiento lo saca de balance y tiene que apoyarse en un poste. Entonces, aprovechando la posición, se empina la botella y otra vez parece que tocara una trompeta: tacatá tatatá tacatatá tá, el hombre con cara de indio que toca el clarín y los mexicanos que regresan agitando los machetes y los franceses tropezándose con sus propios pantalonzotes.

. . . .

Si hubiera revoluciones
Santos sería general
porque era un hombre sincero,
valiente a carta cabal.

—Corrido de Santos Gallardo,
Revolución de Mayo—

A lo lejos, amortiguados apenas por los edificios, se escuchan, sordos, secos, los disparos. En la calle los eucaliptos se mecen con suavidad y cubren el asfalto con las hojas que el viento ha desprendido. El sol de media tarde roe las hojas en la banqueta. A lo largo de las bardas dos hombres se deslizan pegando la espalda a las rugosidades; pero cada vez que vibra un disparo, se detienen y miran nerviosos hacia ambos lados de la calle.

Paralelamente a ellos, en la esquina opuesta, un hombre y una mujer vigilan todos sus movimientos. La sombra de las ramas que engrifan ese lado de la calle, esconde sus rasgos. De pronto sobreviene una serie de detonaciones ininterrumpidas que les hace sumir la cabeza mientras la calle retumba como el cuero de un tambor.

—Es por C.U. —dice Santos Terror.

El otro asiente con la cabeza mientras amartilla la Parabellum. Luego, volviéndose un poco hacia atrás, levanta el brazo y hace algunas señas a las personas que, ocultas en la sombra, seguramente lo miran.

Es una orden de avance porque ambas parejas se incorporan y, sin dejar la protección de las bardas, se deslizan por las aceras de la calle.

—Seguro que están solos —pregunta el Terror.

—Seguro, los criados se fueron desde ayer.

Cesa la balacera. Los cuatro hombres caminan. Más allá, al extremo de la calle, aparece el cielo comprimido por los edificios. El viento sabanea las ramas de los eucaliptos y la sombra les mueve el piso.

Más allá del portón principal, un auto echa humo incrustado en un poste. A medida que se aproximan divisan los detalles; la puerta abierta deja salir, como una enorme lengua, el cuerpo de un hombre que arrastra la cabeza en el asfalto; las piernas permanecen·en el interior. Más allá de su cabeza, los brazos se extienden; un charco de sangre oscurece la calle.

La puerta abierta del automóvil impide precisar la filiación del vehículo; pero a través de las ventanas, descubren otro cuerpo más con un distintivo negro en el brazo.

—Deben ser fachos —dice Santos Terror.

Ahora, sólo intermitentes disparos golpean el cielo. La pareja, al otro lado de la calle, se acerca al automóvil. Escudriñan el interior, la mujer se oprime la nariz con los dedos dando a entender que los cuerpos huelen mal.

Santos se da golpecitos sobre el brazo derecho. La mujer parece no entender; luego, cuando Santos dibuja con el pulgar y el índice dos rayas sobre su antebrazo, la mujer asiente con la cabeza y hace una V con la mano.

—Son fachos —informa Santos a su compañero que ya casi toca con la cabeza el portón.

En el asfalto, la mancha de sangre, el bulto atiterado del cadáver, ofrecen detalles. La herida en la cabeza; la costra sanguinolenta, el río seco de la sangre, las hojas de eucalipto que el aire encueva bajo el cuerpo. El olor del hule quemado se aquieta en el aire.

—Qué, no será tu patrón —pregunta Santos.

—No, no lo creo... Ese no es su coche.

—Deben tener días de muertos —agrega—, la Yolanda dice que apestan.

El otro hombre, por primera vez, observa con cuidado el auto. Mira el caminito de balas que va desde la defensa delantera hasta el espacio abierto de la ventana.

—¿Quién los habrá chingado?

—Imagínate... con este corre corre no se sabe quién es quién —dice el Terror.

71

—Pero nosotros sí sabemos dónde está el que buscamos.

—Órale pues —dice el Terror—, échale palante.

Pero el hombre no avanza. Hace señas a la pareja que se esconde tras el Ford estrellado; ésta obedece y cruza la calle rápidamente, encorvados, como si el silencio les pesara en la espalda. Se instalan del otro lado del portón. La mujer les sonríe y asiente con la cabeza. Lleva una máscara que sólo deja ver su boca. Aunque estuvo con ellos en la acción pasada, el hombre únicamente recuerda de ella la delgadez de su figura y la seguridad de sus movimientos. Sin embargo, la misma sensación anterior lo atrapa ahora mientras la mujer lo mira oculta tras la máscara de tela. De su cuerpo brota un olor duro y pesado. El ciego, con la cara hacia el cielo, mueve las aletas de la nariz como si olfateara. Luego asiente y también sonríe.

—Pinche ciego —dice el hombre en voz baja—. Yo no sé pa qué lo trajiste.

—No te fijes —dice el Terror—, el chiste es hacer bulto.

Los hombres observan el interior por las hendiduras que listan la gran puerta color caoba; a sus ojos, tiras de pasto, rayas de cemento, estrías de vidrio se ofrecen. Las hojas pasan en olas barridas por el viento como si allá adentro sólo hubiera un mar comprimido por bardas. Más allá, la casa se yergue muda e impasible como el rostro de una estatua. Las ventanas permanecen cegadas por cortinas, multitud de hojas se apilan en la escalinata principal, silencio por todas partes.

—¿Tienen perros? —pregunta el Terror.

—Sí, dos; pero no hacen nada.

—¿Seguro?

—Sí, seguro.

—Órale pues —ordena Santos Terror.

Escalan la barda, se auxilian con las pistolas. Desde arriba otean el jardín, la fachada de la casa, las ventanas cubiertas con cortinas, los arbustos cortados a cepillo que crecen a la vera de los muros.

—A lo mejor no hay nadie —dice Santos.

—Sí, tienen que estar. Ai están los coches. Ellos nunca salen sin sus coches... y menos ahora.

—Órale carnal, llegó la hora de enseñar el cobre.

Corren por el jardín quebrando las hojas avejentadas, sorprendiéndose por el ruido que ellos mismos producen. Por eso, el chisguete de balas salido de una de las ventanas los agarra desprevenidos y tardan en tirarse al suelo. Ahí, de boca contra el pasto, perciben el frío del lugar y la incapacidad del sol para traspasar la tupida maraña de árboles.

En la segunda ventana a partir de la escalinata que conduce a la puerta principal, y en la ventana del segundo piso, la que se abre exactamente arriba de la osamenta manchada de excremento de los muebles del jardín, las cortinas se agitan con el viento de las metralletas.

—Órale cabrón, ¿no que estaba solo?

La mujer y el ciego disparan a tontas y a locas contra la casa; las paredes se llenan de puntitos, de pústulas que revientan y dejan una cicatriz negra y redonda. El Terror les hace señas de que no disparen. La pareja, siempre junta, recula y se oculta tras los árboles al pie de la barda. Santos Terror y su compañero se separan en direcciones opuestas; luego, el primero voltea hacia los árboles y señala repetidas veces la ventana del segundo piso. La mujer, oculta por la sombra, levanta

73

los brazos del ciego y apunta el cañón de su metralleta hacia la ventana.

—Sosténla más o menos ahí —le informa—. Ora nomás espera a que te diga y le aprietas.

La mujer apunta su propia metralleta y da la voz de fuego. El chorro de aire que expulsan las armas provoca una explosión de hojas; mientras, el Terror y su compañero corren hacia la casa disparando contra la ventana del primer piso. La casa se llena de manchas negras y lo único que parece existir son las hojas que saltan y se retuercen por todas partes.

Después de algunos segundos, Terror y su compañero se aplastan contra las paredes de la casa; desde ahí, hacen señas para apaciguar el tiroteo que se derrama desde los árboles. El silencio se vuelve a parar de puntas sobre las cosas.

Los dos hombres se aprietan contra la pared a ambos lados de la ventana. Se incrustan más todavía cuando la cortina se agita de pronto expulsando aire caliente. Los dos hombres miran hacia los árboles al otro lado del patio y se percatan de que el hombre, allá adentro, dispara sin ton ni son. Luego, escuchan el gargajeo de la metralleta sin balas, se arrojan contra la ventana abierta y vacían las pistolas en el interior. Regresan a su posición original y esperan.

De la ventana superior brota otra vez el fuego hacia los árboles del otro lado del patio. De donde, también, surgen multitud de hojas que revolotean y caen. Las balas se cruzan enmedio del jardín y provocan un olor quemante que induce a la tos.

El Terror vuelve a mover los brazos en un intento de que, al menos desde los árboles, se deje de disparar. El otro aprovecha para meter un nuevo cargador en la Parabellum y vuelve a dejarlo ir contra lo que hay del otro lado de la ventana.

—Cálmate cabrón, que te vas a quemar todo el parque —grita el Terror.

—Si hubiera parque no estarían ustedes aquí —dice el otro muy seriamente metiéndole otro peine a la automática.

De los árboles han dejado de disparar aunque de la ventana del segundo piso la balacera continúa; a veces, el ruido se detiene y los dos hombres imaginan a alguien, allá arriba, colocando febrilmente el lingote de balas en la metralleta. Por fin el Terror se decide y se asoma por la ventana; enmedio del cuarto mira a un hombre con la camisa desgarrada por las balas; le hace una seña a su compañero y se mete por la ventana. El otro lo imita.

De los árboles, siguiendo una táctica de distracción, vuelve a surgir el fuego cerrado de la Yolanda y el ciego.

En el interior, rodeados de una oscuridad raída por el brillo de los cristales, los dos hombres exploran los alrededores. Miran al caído, un charco que se le mueve enmedio del pecho. Un bigotito mancha también la parte superior de la boca.

—¿Lo conoces? —pregunta el Terror.

—Es el mayordomo.

Santos Terror escupe con rabia.

—Culeros —dice—. Parecen putas de tan fieles.

Los dos hombres miran por la puerta que da al vestíbulo; al otro lado de la puerta principal, la escalera se curva en dos direcciones como las alas de un pájaro.

—¿Y los perros? —pregunta Santos—. ¿Seguro que no son bravos?

—Seguro —confirma su compañero.

Corren por la escalera hacia el segundo piso que se vislumbra allá sumido en la misma oscuridad. Desde lejos, los disparos del ciego y la Yolanda se escuchan atenuados por las alfombras y las porcelanas que brillan apenas por todos lados.

—Allá, allá, en la recámara —indica.

De pronto, al final del pasillo, un cono de luz ámbar se proyecta en el piso; luego, la figura de Don Cayetano ocupa el espacio iluminado. Su figura, rescatada de la penumbra, abulta ostensiblemente; la bata casera oculta apenas el desaliño del miedo, la barba de tres días, la barriga moviéndose anhelosa y, al final de la mano derecha, la metralleta sostenida por la culata.

—Viejo cabrón.

Y la bala lo atraviesa de lado a lado, rompiendo la bata de seda, manchando con un círculo profundo y violeta la palidez lechosa de su piel.

Libran el cuerpo y continúan corriendo. La penumbra los envuelve y los hace enredarse en los muebles y derribar los adornos hasta llenar la casa con un retintín de porcelana rota.

—¿Dónde están, dónde están?

La pregunta retumba en los pasillos mientras allá afuera el torrente de fuego que surge de los árboles continúa con su táctica de distracción. Los dos hombres abren todas las puertas, corren todas las cortinas y sólo bocanadas de oscuridad les salta a la cara. Sospechan de cualquier murmullo, investigan las luces que se asoman debajo de las puertas y se confunden con los brillos que salen de los cristales. Por fin, una puerta se resiste.

—Aquí están.

La derriban a patadas. Del otro lado, muy juntas, muy blancas, las hijas de Don Cayetano.

Cuando salieron de la casa encontraron al Extasiado y a la Yolanda sentados en los muebles del jardín; más allá, enmedio del patio, los dos perros despanzurrados por las balas; la luz, al caer sobre los agujeros, hacía suponer que todavía respiraban.

—Pa qué se los echaron —pregunta uno.

—Por putos —dice la Yolanda—, son perros putos.

El Extasiado ríe con la cara en alto; la metralleta embrazada contra el pecho.

—¿Y ora qué hacemos con la casa? —pregunta la Yolanda.

—Vamos a quemarla —dice el Terror—, pa que no haya malas tentaciones.

—Ya vas.

. . . .

Colocas el envoltorio entre los muslos y sientes la frescura del vidrio a través del periódico. Hace calor, la balacera que todavía traes en la cabeza te llena el cerebro de plomo; el sol entra por la ventana, amarilla el polvo y se pegostea en tus axilas. Te agachas un poco para darle otro traguito al tequila pero miras al chofer sacando la cabeza por el espejo retrovisor como si fuera una tortuga. Te mira muy pendiente, ¿te sonríe? Ah canijo, conque chupando ¿no? Tú también sonríes, dices que sí con la cabeza, ¿qué se le vacer, mano?

Pones el envoltorio entre tu muslo izquierdo y la pared del camión dispuesto a no beber más porque ya sientes los ojos pesados y que la frente se te comba; las piernas lejanas y entumidas como si hubieras caminado el resto... ¿Cuánto tiempo llevas en el camión? No mucho porque todavía es de tardecita aunque tienes la cabeza más llena de tiempo del que ha pasado en verdad. Tratas de revivir tus piernas y las aprietas varias veces; luego te tocas el bulto del sexo para ver si todavía está ahí y luego el bulto de la navaja sesenta y ocho cincuenta.

Don Cayetano te dijo que buen porte y buenos modales abrían puertas principales; por eso, si querías trabajar con él, debías primero que nada tumbarte el greñero y sacarte lo negro de debajo de las uñas porque las manos son dos cosas muy importantes para un chofer. Las manos de un chofer deben estar más limpias que las de un cura o las de un dentista, dijo y te sonrió y te regaló diez varos de propina.

Entonces le pediste permiso al Pelón Esquivel para salir temprano y agarrar al Sisers en su changarro y te fuiste pensando en cómo te verías de pelito corto y si te daría frío en el coco y que qué dirían las chavas.

Cuando entraste a la peluquería no había ningún cliente y el Sisers extrañado hasta chifló al verte. Qué pasó Tapatío, la última vez que te vi andabas de conscripto y ora me llegas de roncanrolero. ¿Vienes a pelarte o a pedirme prestado? Y le dijiste que no, que venías como cliente, que te dejara cortito, que ibas a pedir otro trabajo porque ya estabas harto de andar oliendo a gasolina y de traer las uñas negras de grasa. El Sisers te dijo que te sentaras y mientras te abrochaba la sábana alrededor del cuello miraste los mismos calendarios de antes llenos de paisajes con nieve y montañas, y leíste los nombres de las tiendas, Abarrotes La Divina Providencia; Mueblerías Modelo; Bar La Raya... y te extrañó y le preguntaste que si a poco en verdad existía; y te dijo que qué; le señalaste el calendario y le dijiste el Bar La Raya y te dijo: —Seguro, yo soy cliente de a diario. Entonces te volviste a preguntar si el ciego no estaría diciendo la verdá cuando cantó la historia y le preguntaste: Oye, Pelos... ¿tú conociste a Santos Gallardo? Y te contestó muy serio. Cómo que Pelos... Sisers aunque te cueste más trabajo. Pero no, no pudo ser así porque tú acabas de conocer la historia de Santos Gallardo y lo de la peluquería fue ayer sábado, despuesito de salir de la gasolinera; llegaste a ver al Sisers que ni te saludó porque es un señor muy serio que ni siquiera sabe que se llama el Sisers y nomás te dijo: Pásele joven; y cuando te sentaste y te abrochó la sábana olorosa a almidón no leíste Bar La Raya sino Mueblerías Modelo y La Divina Providencia y Panadería la Flor de Lérida... y le dijiste: Será Mérida ¿no?; y él te preguntó que qué. Y le señalaste el calendario y repetiste. Se confundieron, en vez de eme le pusieron ele; y él te sonrió y dijo: No, Lérida es una ciudad de España y se puso a contar otra vez, como cuando te vio entrar hace años vestido de conscripto, que él había sido soldado; bueno, soldado no, miliciano, que aunque se parezca no quiere decir lo mismo. Y había ido a España con su amigo hace ya mucho tiempo y que había peleado en no sé qué guerra contra los fachistas... y entonces tú le pediste revistas para leer y él te dio un montón pero bien que te diste cuenta que se había enojado un poquito porque lo paraste en seco y muy serio te preguntó: ¿Cómo lo vaquerer, joven? Y tú le dijiste que muy bajito. Y te preguntó burlón: Qué ¿va a entrar al Colegio Militar? Y tú, por chingar, le dijiste que casi casi.

Pero eso ya es cosa de antes, porque ahora, con la grasa del asiento brillándote en la nuca y la pinche navaja que te costó sesenta y ocho cincuenta, es domingo y tú andas medio pedo y ya han de ser como las seis de la tarde. O mejor dicho, más de las seis porque hace un rato oíste las campanas y viste al sol angostarse un poquito.

Echas la cabeza sobre el respaldo y te entretienes mirando el techo; pero el tequila revuelto con los zarandeos del camión, le da cucharazos a un cocimiento que se ha venido agrandando en tu estómago, abajo de donde se encueva Santos Gallardo esperando volver a salir. Sacas la hoja de papel y la desdoblas. Observas la cara del herido de muerte por los navajazos que le diste. Tres en la cabeza, tres en el cuerpo. ¿Cómo dice?... A ver... donde se hacía necesario, pa matar al gran valiente, que era Don Santos Gallardo. Pero aquí ya fueron seis; por eso tratas de tapar los agujeros pero no puedes. Te pones a pensar en los Santos Gallardos que pudiste haber conocido pero sólo te acuerdas del Teterete y en las ganas que tenías de ser como él porque cuando era presidente de la directiva se madreaba a quien se le pusiera enfrente, echaba discursos y amenazaba a los maestros y pintaba letreros en las paredes de la escuela. Y mira nada más en lo que has terminado; de pinche judas de camión y pintando letreritos de amor: Pati y yo, y yo, y yo y nadie más que yo.

Te duele la espalda. Miras por la ventana para saber por dónde andas. El pantalón se te pega a las nalgas sudadas. Pones el envoltorio sobre tus piernas y lees la noticia censurada por los dobleces... SON VILLAR PLOMO POR VICIOS PRESTADOS. Abres un poco las hojas del periódico y miras el nivel del aguardiente y te das cuenta de que has tomado muy poco aunque parezca lo contrario y que todavía el panteón estará muy lejos. Te asomas por la ventana y miras hacia arriba para tratar de ver la gordura de la luz y te imaginas la hora.

Guardas la hoja del corrido, colocas la botella en su lugar y sacas ahora la navaja. La miras sobre tu mano abierta: la cacha arrugada cuerno de venado, guarda la hoja, la lima, la tijera; pero te hubiera gustado tener la navaja de botón buena pa rebanar el pellejo y no esta pinche navajita de joto. Te hubiera gustado poder apretar un botón ¿colorado? y oír salir la punta de la hoja como con un quejido. Sacas la hoja y ensayas algunos movimientos, finteas a un enemigo invisible ahora pero quién sabe más adelante; atacas y terminas grabando tu nombre en el respaldo de enfrente, junto a la "Y" de Pati Y... como si tú fueras el novio.

En el pasillo los cuerpos se amontonan otra vez y forman figuras con las orillas y los agujeros. Miras arañas, camellos, elefantes y perros; perros que se enciman y se curvan unos sobre los otros en una cogedera general. Entonces miras los perros de Don Cayetano respirar y humedecer el cristal de la ventanilla; ladrarte desde el asiento de atrás mientras llenas el tanque de gasolina hasta que los miras desaparecer envueltos en su propio vaho. Luego, apenas ayer, cuando apretaste el botón del timbre de la puerta de servicio, los oíste del otro lado y, cuando supieron que eras tú, reventaron las cosas a ladridos que se fueron agrandando más y

81

más en la enormura que es la casa de Don Cayetano. Seguro que hasta Santos Gallardo le tendría miedo a esos perros.

Junto a ti, la gorda repega el muslo y la cadera de jícara. Volteas y la ves ahí como una montaña y te preguntas que dónde se habrá metido el tipo flaco que tanto te recordó al Teterete, o el ciego que inventa corridos en los camiones y el hombre que siempre te mira desde allá atrás; pero cuando volteas no puedes localizarlo en la pelotera y piensas entonces que si no habrán sido sueños de otros viajes o si no te estarás durmiendo otra vez porque tienes que estar muy pendiente para que no se te pase el panteón porque tú vas más allá y eso te da miedo porque se te figura que es como un aviso.

Ahora ya vas de regreso. Te lo repites porque no quieres confundirte aunque el tequila no te ayuda. Ahora vas de regreso porque Don Cayetano te cayó con la sirvienta en el cuarto de la señora y en esta casa, dijo, el único que coge soy yo. O mejor sería decir que dijo que porque eres muy cochino y ya hasta te volvieron a crecer las uñas con todo ese mugrero dentro como si la grasa ya te fuera natural y formara parte de tu cuerpo; pero te lo mereces por tarugo porque bien que te lo advertiste que no te fueras a dormir junto a la Pati porque a lo mejor se te pegaba el olor a pescado; y si no fue el olor sino el color, no le hace porque no hay diferencia y aunque parezca mentira les pasó lo que a los cuates esos que grabaron sus nombres en una penca de maguey; y para que no quepa duda, mientras sigues en voz baja lo que canta el radio ("grabé en la penca de un maguey tu nombre, juntito al mío, entrelazados"), remarcas con la navaja tu nombre bajo el de la Pati como si todo empezara a ser verdad y la gente que matas y revives se muriera y reviviera cada vez que a ti se te antoja.

La gorda te mira pero se hace pendeja porque sabe que su gordura te está comiendo el asiento y a lo mejor te enojas; pero tú estás a gusto con el cuerpezote blandito y te dejas ir en él después de que rescribes el nombre y guardas la navaja. Sientes su cuerpo de totolona tibia y hueles el olorcillo entre amargo y perfumado que le sale de los pliegues del cuerpo. Entonces sientes que te vale madres dormirte y aparece allá, dentro de ti, tu madre que te peina mientras te hace recomendaciones; las bardas inmensas en tu camino a la escuela, humeando rojo en los días de calor y oliendo a jarro cuando llovía; la maestra que si Colón que si Cortés, que si las indias y los indios. La Artículo 123 y el Teterete diciendo discursos. Los domingos con los conscriptos comiendo jícamas con chile y mirando a los del Pentatlón dando saltos de tigre, tirando golpes de karate, corriendo alrededor del parque y gritando ¡Cuatro! ¡Cuatro! ¡Cuatro!, cada vez que daban cuatro pasos y haciendo una V de la victoria al revés para saludar a los camiones de los granaderos. Luego la fotografía en los periódicos; los zapatos volteados, los esqueletitos de las zapatillas, chingomil pares de zapatos tirados por ahí como si hubiera habido una convención de cenicientas. El Sisers que te pregunta que por qué te metiste de soldado y tú le dices que nomás eres conscripto y él se pone serio o triste y te empieza a contar de cuando fue soldado; bueno, soldado no, miliciano, que aunque se parezca no quiere decir lo mismo. Y tú te lo imaginas vestido como de cartero o algo así porque nunca has podido imaginarte cómo es un miliciano ni para qué sirve. Recuerdas las bardas pintarrajeadas, la humareda más allá de las esquinas que nunca te atreviste a doblar y la pasadera de los camiones de soldados; y luego en el parque el capitán les dijo que mejor ya no fueran a marchar y se quedaran en sus casas hasta nuevo aviso y que no hicieran caso de las voces de la subversión porque la patria era primero. Y tú, feliz de no ir a marchar, te dedicaste a buscar chamba porque hasta las escuelas estaban cerradas y fuiste a ver a Don Cayetano para que te la diera de chofer... Pero no, eso fue después; entonces ni soñabas con aprender a manejar y te conformabas con limpiar por las propinas los cristales de los coches en la gasolinera del Esquivel; fue entonces cuando le entraste de gasolinero y les pedías a los del taller que te dieran chance de meter y sacar los coches y empezaste a acostumbrarte al sonidito suave de los carros buenos y a hacerte obedecer por los Ford y los Chévrolets y te ponías a discutir con el Filin Gud acerca de cuál era mejor porque el Filin se las daba de conocedor porque había estado en California recogiendo tomates y recogiéndose gringas y pa todo decía que todo estaba filin gud, que el coche había quedado filin gud, que esa vieja estaba filin gud, pero que Don Cayetano era un hijo de la chingada, que no le creyeras sus promesas porque así son todos los ricos y Don Cayetano era riquísimo y mientras más ricos más hijueputas porque la sociedad estaba dividida en clases y tú eras de una clase diferente y a mucha honra porque a lo mejor así lo había querido Dios y que ya sabías a qué atenerte; pero tú le dijiste Uy, ya hasta te pareces al Sisers. Aprendiste a manejar y el Esquivel te dio chamba y te pusiste tu overol azul y te dejaste crecer la greña porque ya nunca más regresaste a las marcha-

das y el Filin Gud te decía que ni pensaras irte pal otro
lado porque sin cartilla no te iban a dejar salir, aunque
el pedo no era salir sino entrar; pero de todos modos
ni ganas tenía de regresarse porque no querían a los
mexicanos y mucho menos a los prietos como tú, si hasta
a él, a pesar de ser medio güerito, lo veían feo cuando
se daban cuenta que no sabía hablar inglés y por eso se
la pasaba diciendo "Tikirisi boi, tikirisi", namás pa despistar, y luego aprendió a decir "filin gud" y se le quedó
lo del Filin Gud, pero la verdá la verdá, no sabía
hablar inglés aunque se apantallara a las gatitas del
rumbo. Y así se pasó el tiempo tan rápidamente que
se murió tu jefa y tuviste novias y las uñas se te llena-
ron de negro de tanto trajinar gasolina y grasa y le
echabas apuestas al Filin a ver quién tenía más adentro
lo negro de la grasa y se consiguieron una reglita mili-
métrica pa medirse el mugrero debajo de las uñas y los
del taller empezaron a palmearte la espalda y a des-
peinarte cada vez que te peinabas y el Pelón Esquivel,
que no sabía que le decían Pelón sino namás Esquivel,
porque aunque era cuate también era el jefe, te decía
que te daba cincuenta pesos por mechón de greña pa
cerse una peluca y luego empezó a aparecer el viejo
Don Cayetano con su carrazo negro, con los perros, con
sus hijas, con su señorona; y luego el carro lo trajo un
bato que no era de su familia; y luego llegó otra vez
con su gorrita de cadete y las hijas de Don Cayetano en
el asiento de atrás y luego te dijeron que era el chofer
y cuando quisiste volver a verlo te dijeron que ya lo
habían corrido porque lo encontraron con una de las
sirvientas y a todos en la gasolinería les hizo mucha
gracia y durante unos días nomás estuvieron hablando
de eso y a ti se te empezó a meter en la cabeza lo de ser

chofer de Don Cayetano y lo empezaste a pensar y más todavía cuando llegó una vez y hablando hablando le dijo al Pelón Esquivel que le tenía prometido a su mujer un Mercedes para el 10 de mayo.

La gorda se remueve y te dice "joven, por favor", porque quiere levantarse y tú te separas, no sin trabajo, del animalón aquel como si hubieras echado raíces en su cuerpo. La gorda se levanta y apenas si libra el respaldo delantero. Camina por el pasillo y jala el cordón de llamada. Te quedas solo, inclinado sobre su ya-no-está, con algo de frío en la parte de piel que tocó la suya. Poco a poco te reclinas sobre el asiento hasta recostar el hombro, la cabeza, mientras tus piernas entumidas se doblan bajo el asiento; colocas la mejilla sobre la enorme huella que dejaron sus nalgas en el plástico del asiento; percibes su calor, la tibieza que se desvanece poco a poco aunque sientes todavía el olor de su cuerpo en tu mejilla.

Estás a punto de dormirte otra vez cuando sientes un olor desconocido y que algo duro te toca la cabeza. Te levantas y miras las caras de los policías y sientes la macana que se clava en tu hombro ayudándote a mantenerte firme. "Compórtese, joven", dice el policía con espejuelos. Escondes el envoltorio con tu cuerpo y dices que sí con la cabeza. "Perdóneme señor, pero es que trabajo de noche. . ." "Pos será usté puta", dice el otro y los dos se ríen. . . Tú también te ríes y sigues diciendo que sí con la cabeza.

Los dos policías caminan por el pasillo hacia la puerta delantera; desde ahí voltean para mirarte, hablan entre sí y se ríen otra vez. Tú tratas de ver por la ventana. Uno de los policías toca con la macana el hombro del chofer y éste detiene el camión a media cuadra para que los policías se bajen y no tengan que caminar mucho.

. . . .

Lo peor es el olor. El encargado (¿así se llama?) los acecha desde su escritorio mientras los ojillos de chino le brillan detrás de los espejuelos de alambre dorado. Junto a ti, el gordo suspira, jala el aire y lo guarda en los pulmones, luego lo arroja con un quejidito lento. Lo miras de soslayo. A veces se frota las manos y se las huele como una moscona de esas que se quedan en las mesas de las loncherías.

La sala termina en un pasillo largo y oscuro y seguramente frío. Una luz de hospicio ilumina un poco el extremo más lejano y te deja ver las manchas de humedad que corren por las paredes hasta llegar a la sala donde están ustedes. Un papeleo de voces viene desde allá.

A la entrada del pasillo un manchón de sombras arrincona a una mujer; sin embargo a veces puedes ver su nariz chata y el brillo de los labios que relumbran como chiles gordos. A lo mejor puta o periodiquera.

El encargado deja el escritorio y se acerca a la banca donde están. Parece que los mide con los ojos o saca cuentas de su peso porque los mira a uno después del otro mientras se soba el bigotito que mancha la parte superior de la boca. Luego se vuelve un poco y se queda mirando hacia donde está la mujer y la señala.

87

La mujer se levanta y mete medio cuerpo en la oscuridad de más arriba. Miras que se alisa la falda como si pensara que la están invitando a bailar. Y a lo mejor está en lo cierto porque ves chisporrotear un brillo en los puntos que tiene por ojos el encargado.

—Vente sirenita, vamos a ver si es cierto que en el mar la vida es más sabrosa.

La mujer no contesta, se deja conducir del brazo por todo el pasillo mientras los ojos de la fila de policías la siguen. Los policías sonríen y se dicen algo entre ellos; uno hace un ademán rápido y reiterativo que hace reír a los demás. Tú sonríes también porque reconoces el movimiento... sonríes y la sonrisa te iguala con ellos y enflaca un poco la bola de miedo que te atipuja la garganta. Solamente el gordo se espanta. Te mira muy asombrado de tu risa; luego se aleja un poco de ti arrastrando la enormura de sus nalgas pero tratando de que no te des cuenta. Pero tú lo has advertido y te das la vuelta para mirarlo; el gordo se cohibe y, poco después, la cara se le empieza a arrugar, las lonjas se le parten en mil rayas y los hombros le tiemblan. Entonces los policías, y luego tú, se desbaratan a carcajadas hasta que la cara del gordo se empieza a agujerear con chorros de lágrimas. Las risas acompañan los lloriqueos del llorón y retumban en la sala apestosa a miados de gato.

Poco a poco la risa se te desinfla y tratas de reanimarla pero ya no puedes; la risa forzada se te convierte en tos. El gordo gañe como un perrito mientras te quedas en silencio sin dejar de mirar a los policías que también han dejado de reír. Luego el encargado, sudoroso, sonriente, se acerca por el pasillo silbando una tonada. No los miró, pero pensaste que la cancioncita era una mala señal. Después, cuando les echó los ojos encima y jugueteó con los espejuelos y escribió algo en sus papeles, te diste cuenta de que no había podido sacarle nada a la vieja.

—Este no es un país de machos sino de machas —le dijo a los policías—. Macha la vieja, lo que sea de cada quien.

Y se puso a escribir más cosas que tú trataste de adivinar por los movimientos de su mano.

—Vamos a ver si el gordito es tan chingón.

El gordo rebota entre los policías. El encargado se hace acompañar por dos porque a pesar de que el gordo tiene facha de puto, también tiene el peso a su favor. El inmenso culo se le achica cuando lo agarra la oscuridad del pasillo. Silencio. Los dos policías regresan. En la banca, otro policía bosteza, abre la boca y se momifica. Otro medio se levanta la gorra y se rasca la cabeza; ves cómo la caspa le nieva los hombros azules. Sientes ahora un aire helado venir del otro extremo del pasillo y que antes había sido detenido por el cuerpo del gordo. Te da frío. Te cubres con los brazos, frotas las piernas entumidas y sientes en la bolsa del pantalón el bulto de la navaja. Te preguntas cómo pudo escapar al registro de la policía; dudas inclusive de que esté ahí; pero el bulto no miente. Junto a la navaja, el cerrito del sexo; colocas tus manos en red para protegerlo mientras piensas que ojalá que en los güevos no, ojalá que no. Piensas que para despistar lo mejor sería decirles que en la cara no o en las uñas no o en los dientes no; pero ellos saben muy bien dónde duele. De todos modos el frío no te deja pensar mucho tiempo en la misma cosa porque el aire que choca contra tu cuerpo, se te mete por el cuello y las mangas y enfría el sudor en tus sobacos. Mueves el cuerpo cuidadosamente para que no vayan a creer que tratas de escapar y llegas hasta el sitio que ocupaba el gordo, tocas el calorcito que dejaron sus nalgas y eso te calma un poco. Pero luego sientes cómo la tibieza se derrite bajo tu mano y que el aire entra más frío por el pasillo como si primero hubiera atravesado una montaña de muertos. Te vas inclinando lentamente sobre el ya-no-está del gordo hasta que te recuestas por completo. Luego, momentos después, la cosa dura golpetea tu cabeza y sientes el olor a cuero taponear los hoyos de tu nariz. Los policías te obligan a levantarte haciendo palanca con la macana y haciendo que tu cuerpo deje caer la botella y que el líquido se derrame en el piso. "Este cabrón está pedo", dice el de los espejuelos. El otro te pica el pecho y las costillas con la macana. "Despierte cabrón, levántese." Los miras a la cara, las bocas se abren y se arrugan masticando palabras. Uno de ellos mete la mano en tu sobaco y jala de ti; el otro se aparta un poco para dejar más espacio al compañero. Cuando estás en el pasillo, el de atrás traba tu cinturón y el de adelante te agarra por el cuello de la camisa. Machihembrados caminan los tres por el pasillo. Cuando llegan junto al conductor el de adelante toca con la macana el hombro del chofer y le dice que detenga el camión. Te resistes a bajar como si allá afuera te esperara el infierno; pero el policía que te traba por atrás te golpea en los riñones. Bajan los tres. El aire te golpea la cara y casi te desmayas; pero las sacudidas te mantienen despierto. En la calle, contra la pared de una tienda de ultramarinos, te esculcan el cuerpo y te encuentran el papelito cuidadosamente doblado. Uno lo desdobla y lo mira; luego le dice algo al compañero y se lo enseña.

El policía se enoja y te golpea dos veces con la macana. Te siguen registrando; una de las manos topa con el bulto duro de la navaja. "Este cabrón trae la verga parada", dice el policía. El otro se ríe, se mete a la tienda y agarra el teléfono. Se pone a hablar con alguien mientras tú recuestas la espalda en la pared y agachas la cabeza como si ya te fueran a fusilar. Luego miras al del teléfono otra vez junto a ti. Te enseña el papel y te pregunta que si ese es Santos Gallardo y le dices que sí. "¿Eres amigo de ese jijo de la chingada?" Le dices que no, que ni lo conoces. Que dónde está, te vuelve a preguntar y tú le dices que a lo mejor en La Raya. Luego regresa al teléfono y habla otro rato y se cuadra antes de colgar. Te das cuenta que el otro policía sostiene la botella envuelta en el periódico. No te atreves a levantar la vista del suelo; la gente que pasa se te queda mirando. Algunos sonríen y comentan entre ellos. Luego aparece la patrulla chisporroteando en la nochecita; otra vez las manos te agarran y te empujan al asiento de atrás. Pero ahora los policías te dejan estar recostado en la banca y tú no dejas de preguntarte cómo pudieron olvidar la navaja y si ya habrán apañado al Santos en La Raya y que a ti qué te importa.

El gordo se dilata allá adentro; te preguntas qué cosa pudo haber hecho una persona como él, seguramente puto porque se parece horrores al joto dueño de la taquería que está frente a la gasolinera. Te dices que ojalá haya hecho todas las cosas del mundo para que se pasen todo el tiempo con él porque tú no has hecho nada como no sea tomar en un camión de pasaje y eso no es un delito.

Por entre los brazos que te sirven de almohada miras la sonrisa de Santos Siluetas y crees que estás soñando otra vez y te preguntas que si sólo por sueños te habrán metido al bote. Pero luego miras al Éxtasis enmascarado por los lentes negros que se pone el dedo en la boca y te dice que te calles, que no te muevas. Esperas un rato y ves a los gallardistas irrumpir ruidosamente en la sala. Los policías no logran ponerse de pie tomados por sorpresa. El Filin Gud coloca al Éxtasis frente a la banca de los policías para que los amague con la metralleta. Los policías, engañados por los lentes del ciego, no se atreven a moverse. Luego se acerca a ti mientras el Siluetas y el Güerito Villar, que acaba de entrar, se encaminan hacia el pasillo mal iluminado. Te pones de pie y esperas sin saber qué hacer. El Filin te extiende la Parabellum sin decir una palabra; tú le dices que no, te metes la mano a la bolsa y sacas la navaja. El Filin sonríe y guarda la pistola bajo el cinturón; luego toma posición en la ventana que mira al patio interior desde donde puede vigilar también a los policías porque el ceguetas namás le está haciendo al loco.

Los alcanzas en el cuartito escondido, el Siluetas tiene al tipo de los anteojos prendido por el cuello del saco. El Güerito amaga con la metralleta a dos policías vestidos de civil a quienes no habías visto antes. Uno de ellos se aprieta el estómago con las manos después del golpe que le dio el Siluetas y que no alcanzaste a ver.

En un rincón, la blusa abierta y los pechos de fuera, la mujer con facha de puta. Sentado al revés en una silla, la cara vuelta hacia el respaldo y a punto de ser desatado por el Pelos, el gordo enseña las nalgas pelonas y tajadas a cuartazos. Después te dirían que lo amarraron a la silla de espaldas a los agentes y que habían inclinado ésta de modo que el respaldo descansara en el piso. En esa posición, con las nalgas al aire, lo habían golpeado para sacarle lo que el gordo no sabía.

Por el momento, cuando llegaste al cuartito, esa era la situación. El Siluetas zarandeaba al tipo de los anteojos mientras le metía la rodilla en los testículos como era su costumbre. El Pelos desamarraba al gordito, la mujer tomaba la metralleta del Pelos y se encaraba con los policías vestidos de civil.

El Siluetas zarandeó al de los anteojos hasta que se le quedaron colgando de una oreja. Luego lo aventó contra el escritorio y ordenó a los otros que se colocaran ahí también. Fue cuando te vio con la navaja en la mano, se acercó a ti y te dio un bofetón ("Pinche Tapatío", dicen que dijo); luego, todavía distraído por el ardor del golpe, te dejaste arrebatar la navaja. El gordito se estaba subiendo los pantalones mientras le decía algo al Pelos entre sollozo y sollozo.

El Siluetas caminó al otro extremo del cuarto y abrió a patadas una puerta. Eran los archivos. Abrió los gavetones de todos los muebles y empezó a sacar fólders y papeles. Vació las gavetas y amontonó todo enmedio del cuarto. Yo me acerqué al montón de papeles y recogí un fólder más grueso que los otros. Estaban todos ahí, todos menos yo; había un papel sin foto donde se hablaba de alguien que podría ser yo aunque muchas de las cosas que ahí se decían no se me podían achacar. También estaba la hoja del corrido; junto a los piquetes que le había dado con la navaja, había marcas de plumón y algo escrito que no tuve tiempo de leer. Sin que nadie se diera cuenta me guardé la hoja.

El Siluetas se me acercó muy serio y me arrebató

el fólder, lo rompió en dos y lo aventó al montón. Sacó una botellita y vació la gasolina sobre los papeles. Con la mano me dijo que me saliera, se esperó a que la lumbre prendiera, salió del cuarto y cerró la puerta.

En el otro cuarto el resto de la banda amagaba a los policías vestidos de civil. El Siluetas le hizo una señal al Güero y éste sacó una hoja de papel de la bolsa del saco, se aclaró la voz y empezó a leer muy serio. Todo estaba pasando tan rápido que lo único que pudiste entender fue lo de la "ejecución por crímenes de lesa Patria"; pero aprovechaste el momento de calma para mirar a la mujer todavía con la blusa desabrochada. Luego los disparos del Siluetas y de la guerrillera partieron a los tres monos en seis. El olor de la pólvora se le metió a la mujer por todos los agujeros del cuerpo y supiste que ella era la mujer enmascarada que había estado en casa de Don Cayetano y en el asalto al Banco. Yolanda del Mar, alias La Sirena.

Cuando se dio la vuelta para meter otro cargador, la luz le dio de lleno en la cara y la reconociste. Luego salieron todos del cuartito y desembocaron en la sala grande. Ahí todo seguía igual, sólo que los policías estaban ahora tendidos en el piso boca abajo. El Siluetas tronó los dedos y el Filin agarró al ciego del brazo y salimos al patio central. El Pelos se quedó un rato en la puerta advirtiendo a los tendidos que cualquier movimiento les costaría la vida. Cruzamos el patio y alcanzamos la calle. Ahí, en la puerta principal, el Teterete platicaba con los dos policías de guardia; o mejor dicho, hacía como que platicaba porque en verdad los encañonaba con la metralleta que escondía debajo de la gabardina. Nos subimos todos en dos coches y nos alejamos de ahí.

Me senté junto a Patricia. Me di cuenta de que era a ella a quien habían ido a buscar y no a mí. Luego luego se dio cuenta de que la miraba y me sonrió; me agarró la mano y me dijo que estaba embarazada de un hijo mío, que eso había querido decirme aquella vez. Yo sólo supe que jamás había olvidado la vista de sus pechos a la mitad de la blusa abierta y que las cosas se ponían de otro color. Por el camino me siguió diciendo que quería tener el hijo y que Santos Gallardo también lo quería. Yo me quedé callado pero no dejé de apretarle la mano. El Siluetas, manejando el automóvil, no nos quitaba la vista de encima por el espejo retrovisor.

. . . .

Por si las dudas te quedas derechito, recargado en la pared del camión y con la botella entre las piernas como si la estuvieras pariendo.

Te das cuenta de que siempre sí te encarnó la botellita y ya hasta resultaste padre y madre al mismo tiempo, que las cosas ya no pueden ser del mismo color porque ya eres un hombre de respeto aunque no tengas chamba porque el muy jijo de su rejija de Don Catano el regiomontano te jugó rudo. Te dices que lo mejor será negarle el derecho de nacer porque las cosas no están como para andar trayendo hijos al mundo y menos con padrinitos como el tal Santos Gudfáder. Entonces mi querida Patricia, te tomas una jarra enterita de agua de tamarindo bien caliente para que te baje o te pones a hacer sentadillas o de plano vas a ver a cualquier bruja para que te haga una raspa. Pero ni que hubieras sido el espíritu santo para haberla preñado en sueños o a la mejor ella sí existió sólo que con otro nombre porque novias sí has tenido y viajes a Veracruz sí que has hecho y en la secundaria hasta te decían el Tapatío. Pero todo se te revuelve dentro y los empujones del camión te alborotan más el archivo y ya no sabes quién es chana y quién es juana o patricia.

Mejor te pones a ver las cosas y a tratar de no pensar y mucho menos de dormirte porque ya no ha de tardar en pasar el panteón y tú vas un poquito más lejos. Te volteas para ver dónde está el tipo ese que siempre te mira y lo ves allá atrás haciéndose como que no te ve pero bien que lo hace. Te das cuenta de que las casas se empiezan a achaparrar y eso quiere decir que ya pasaste el centro, pero quieras o no quieras te imaginas a tu hijo apellidado Gallardo y haciendo maldades como su padre postizo y al ciego escribiendo un nuevo corrido que se llame El Hijo de Santos Gallardo y luego otro Vuelve el Hijo de Santos Gallardo y otro La Venganza del Hijo de Santos Gallardo... ¿y ora qué vasacer?

Divisas las cruces del cementerio. El chofer se asoma por el espejo mientras el pasaje se pone de pie y se amontona a lo largo del pasillo esperando que el camión se detenga frente a la puerta del camposanto. Luego el nudo se desata y se convierte en un hilito que se desenreda hacia la salida. Pero nadie hace ruido como habías pensado. Todo pasa tan silenciosamente como si las gentes aquellas fueran fantasmas y hasta le agradeces a los policías que te hayan despertado porque no vaya a

ser que te jalen a la pasada. Buscas el sol pero no lo
encuentras y tratas de adivinar la hora. Desenvuelves
la botella y observas el nivel del líquido y calculas el
tiempo que llevas en el camión que ya parece toda una
vida.

El camión rueda medio vacío y las ventanas vuelven
a hacer uuuh uuuuh cuando pasa el viento. Escuchas
algunas voces y risas y miras las cruces del cementerio
ponerse grises como si estuviera lloviendo nada más
allá adentro. Luego pasan paredes y balcones que tiemblan como bembas de negro. El aire se mete y sientes
al sudor helarse en tus íngles y sobacos. La noche cruza
las bocacalles mientras la rubia hunde el culo en el
banquillo y sonríe ahora sí para ti solito. Güera,
güerita, ¿qué no te habré visto en algún otro banco?

Entonces volteas nada más para comprobar y lo
miras todavía allá pero más cerca. Lo miras mirarte, y
luego esconder la mirada en otras cosas que ni le in-
teresan. Regresas la cabeza para mirar las cruces alemanas que se vuelven arañitas en la pared, que se quiebran
las patas y se crucifican en la cruz. Arañas marañas,
arañas maromas, arañas alimañas.

Tienes sueño pero te da miedo volver a dormir
porque ya estás por bajarte; pero más que por eso por
el hombre que te mira y mira detrás de ti. Te obligas
a mirar las calles y las esquinas que pasan rápido por
las ventanas. Pero te mareas y recargas la cabeza en el
respaldo y entrecierras los ojos aunque sabes que eso
te coloca más cerca del sueño. Las cosas se nublan y se
alargan y el letrero dice Sucio Lagañas en vez de Lucio
Cabañas... chivas arañas.. mañas y cañas. Cierras los
ojos para dejar de marearte y ennegreces todo lo que
te rodea, hasta la güera puta que más de una vez te

enderezó el mazacuate. Te acuerdas de la delegación y bajas la mano para tocar el bulto enredado del sexo con miedo de que ya no estuviera, de que te lo hubieran cortado allá como dicen que acostumbran; pero equivocas la dirección y agarras el bulto de la navaja. ¿Pos qué no te la había quitado el culero de Santos Ojete? ¿Pos no que estaban todos muertos y enterrados o es que el tal Santos es tan Brujo que los resucitó a toditos? Te tocas el bulto de la navaja creyendo que es tu mazacuate pero está tan duro que te das cuenta que es la navaja, no la de botón porque esa nunca la compraste, sino la otra, que te costó sesenta y ocho cincuenta y que te dejó maravillado de que tantas cosas pudieran caber en algo tan pequeño, cortauñas, destapador, tijeras y por supuesto, la hoja blanca y delgada buena para rebanar el pellejo de cualquier cristiano por Santos Culero que se llame.

Don Cayetano te dijo que las manos eran las credenciales de los choferes y por eso fue que te cortaste las cáscaras de cebolla que eran tus uñas y desencajaste la grasa acumulada debajo. Te dijeron que metieras las manos en agua de jabón para ablandarlas y ahí estuviste más de una hora mirando cómo se te arrugaba el pellejo, cómo se te salían años y años de trabajo como si te estuvieras yendo hacia el pasado o te estuviera pasando lo que le pasa al Drácula cuando lo agarra el sol. Pa que todo valiera madres, los gastos, la peluqueada, el trajecito de cadete, para que el muy güey hijo de toda su rechingada madre del Don Cayetano te corriera por cochino o porque te agarró con la gata en la cama de la señora o porque te vio con el Terror en plena revolución o porque le pusiste una bomba a su pinche banco o porque ya lo mataste más de una vez.

Agarras el bulto de la navaja pensando que es tu mazacuate. La herida que este cuchillo abre nadie la vuelve a cerrar, si no, ai que lo diga la Pati que hasta se disfrazó de Yolanda para irte a buscar. Te arrancas la botella de entre las piernas y abiertamente le pegas un trago a codo levantado. Te importa madres que te vean, hasta el chofer que se asoma por el espejo y te espía como si fuera el Ojo de Dios. Pero tú, con más ganas, te empinas la botella y te das cuenta de que te ve pero que se hace pendejo porque no te dice "joven, por favor, aquí no es cantina", cosa que te hubiera valido madres porque sabes que te tiene miedo y que es un ojete culero que te echó a la policía sin importarle que fueras su carnal chofer también aunque sin chamba. Luego te acuerdas del Santos Culero y del cachetadón y de la arrebatada de navaja, no de ésta, sino de la otra, y lo retas también como si también te mirara por el espejo. "Qué, qué ¿no te pareció?" Pero nada, sólo los focos que se encienden en las calles y, pegado a tu piel, el corrido de Santos Gallardo que se arruga y con tanto movimiento saca una esquina por la abertura de la camisa. Lo sacas, lo extiendes y miras las letras aguadas por el sudor que manchonea todo el papel ¿o no serán las anotaciones que hicieron los agentes cuando te llevaron a la delegación? No quieres pensar porque te da miedo. Te limpias el sudor de la cara con la hoja y escupes en ella. "Pa matar al vil culero que era don Santos Gallardo." Luego arrugas la hoja de papel y la despedazas.

El cocido de tu estómago se hace más grande y el aire que sube desde ahí te hace eructar. Junto a tu cadera descubres a la botella babear las últimas gotas de tequila. Abres un poco la ventana y avientas la botella, cras, un reflejo luminoso y la noche que se la traga. Cras, a chingar a su madre la botella. También el corrido de Santos Gallardo vuela en pedacitos. "Adiós hijo de la chingada, ojalá que te coman los perros."

. . . .

Pues verás, entraron los dos a la lonchería y se sentaron junto a la ventana de modo que fácil los vieron desde afuera. Él me había dicho que iba a hablarle a lo derecho, a decirle de plano que no quería al chiquillo; que volvieran estaba bien; pero sin el chiquillo. Creo que la Patricia como que quería entrarle otra vez y como que estaba dispuesta a todo; pero yo me las olí y mandé el pitazo. Pues en esas estaban cuando de pronto que llega el Santos con el Ceguetas y que ai van pa dentro; a lo mejor estaban muy acaramelados o algo así porque no dijo ni aguas, que entra y lo pepena de un chingadazo en el mero hocico; dice que nomás sintió cómo se le floreaba la trompa, que se le desparramó como abanico de jarocha. Nomás del puro descontón lo mandó de nalgas contra la vidriera, el puro retintín de vidrios con todo y el cochinito pintado. Y el puto a los gritos, ay, ay, que lo mata, y grito y grito pero bien que agarró la faca para irlo a defender, porque así tirado como estaba el Santos lo estaba agarrando a patines y el otro nomás quitándoselos como mejor podía; y el puto, déjelo, déjelo hijo de la chingada, mi vidriera, hijo de la chingada, ya me rompió mi vidriera. Nomás

100

quedó el cochinito con su gorro de cocinero riéndose a cachitos en los pedazos de vidrio regados por el suelo. Y el Ceguetas ¿qué crees?, pues puteándose a la Patricia como si ya se le hubiera olvidado que estaba preñada. Y así, ciego como está, nomás tirándole cachetadones al tanteo a ver si la pepenaba; y ella, como mensa, sin quitarse, nomás payá y pacá como loro marinero y tú veías namás cómo le volaba la cabeza a punta de madrazos. Fue el desmadre universal, enseguidita el changarro se llenó de gente, el Santos tirándole patines y el otro quitándoselos con la silla o como mejor podía, ora, ora, pinche güey, y ai te va cabrón, como para reventar balones contimás su pobre jeta. Hasta que el puto se le paró enfrente, luego por eso ves que se lo cotorrean, conque el joto ¿no?, mucha defensa ¿no?, qué se me hace que te gusta comer gente. Pos que el puto se pone entre los dos con la faca en la mano, déjelo hijo de la chingada o me lo clavo. No, qué se lo iba a clavar, nomás era la pura finta; pero cuando menos el Santos se distraía, déjelo que se levante y se madrean allá afuera. ¿La Pati?, la Pati nomás chillando, si ella también tenía lo suyo; era re chistoso, a veces el ciego la dejaba para ver los patadones; bueno, es un decir, porque ya ves cómo el pinche ciego parece que ve más que uno; luego como que se acordaba y órale, un cate, muchacha cabrona, como si fuera su papá. Nomás veías cómo le saltaban los pelos de los puros cocotazos. Y el otro, que es pendejo pa los madrazos, nomás a la pura defensiva, con el hocico floreado que parecía manola con su rosa y todo. ¿La navaja?, la navaja se la había quitado el Santos en la bronca de la delegación porque desde que supo que la Patricia había sido su mujer ya lo traía entre ojos. Y ya ves cómo

101

era de payaso con su pinche navajita, puro clic, clic, la sacaba pa todo, y ya ves, a la hora buena hasta la perdió. Total, que como pudo se paró y el Santos que se va contra la Patricia; pero como que eso no le gustó al ciego porque cuando lo vio venir; o lo oyó, mejor dicho, lo trató de calmar y no dejaba que le pegara, pero como quiera uno que otro madrazo le caía encima, y la otra como muerta. Conque te gusta la mala vida ¿no? y el cachetadón, sopas. Conque todavía lo buscas ¿no? y otro, metiendo las manos por entre los brazos del ciego. De mientras el otro se repuso, que le arrebata la faca al puto y que se le va encima a Santos; pero es bien zacatón, nomás le hacía la pura finta; ora sí jijo de la chingada, éntrale, y el Santos que se arruga; tira el cuchillo, tira el cuchillo. Tira madres, éntrale si eres tan macho. Pos no, que liba entrar, pero ya no le siguió pegando a la Patricia, como si estuviera tan bonita la pendeja. Total, que alguien llamó a la tira, a él le quitaron el cuchillo y lo metieron al mingitorio. No, el Santos no se rajó, de pendejo, si sabía muy bien a lo que le tiraba, se largó con la Patricia y el Ceguetas y ai murió todo. El pobre puto, por andar escondiendo al Tapatío, se quedó sin su vidrio y sin su cochinito que tanto quería, que dizque eran sus nalgas la cara del cochinito, que dizque había posado en pelotas para que lo dibujaran. Sí, el puto de la lonchería de allá enfrente... Total, que por andar de coscolino, se quedó sin chana, sin juana y sin la Tapatía.

....

Nos citamos allí, le hablé por teléfono y le dije que la esperaba en la lonchería; se hizo esperar pero fue, ai al rato que llega nomás paseándose por la banqueta como para ver si estaba, pero como el dibujo del cochino me tapaba la cara y el sol estaba pegando dese lado, pues como que no veía bien de afuera; pero yo bien que me la clachaba, parriba y pabajo, volteando de a poquitos; yo nomás haciéndome pendejo, y el cabrón gordo, uy, qué diera yo por tener un amor de esos, cómo te la trais, chiquito; chingue y chingue, picando carnitas a la puerta de la lonchería, todo modosito, todo recatado; y que le dice a la Pati, te voy a cobrar por las pasadas, y la otra nomás que le revira los ojos, y yo aguantándome las ganas de reír; y el puto, no te enojes flor de olor que todo rencor es malo; pásale que aistá. Nomás vi cómo se puso colorada. No le dijo ni gracias ni compermiso, que entra y que se sienta frente a mí. Qué amiguitos, me dijo. Pos qué tiene de malo. Fuchi, me da asco. Eso me cayó remal y ganas me dieron de mandarla ai mismo a volar por apretada; pero venía bien bonita, lo que sea de cada quien, y ya sin el olor de antes. Ninguno de los dos, ni de pólvora ni de pescado. Pos tú dirás, que me dice medio seria y medio imaginándose lo que liba a decir. Y yo con un montón de pena, como si no la conociera; y era verdad porque ya me había enterado que era mujer de Santos aunque el hijo dizque era mío; y debía de ser así donde venía a pedirme permiso para tenerlo. Me puse a pensar que mi miedo de antes, el miedo que tenía a que Santos la conociera, lo había sentido con razón; ai estaban las consecuencias. Pati, pos mira, total, que de pronto me suelto hablando, que eso no se hacía, que un hijo orita no, que las cosas se hacían a derechas o no se hacían, que volviera conmigo, y en esas estaba cuando de pronto siento una sombra, un airecito y sopas, un putamadrazo en pleno hocico, y ai voy de nalgas con todo y silla escupiendo mole y el Santos encima de mí tirando patines y yo como mejor podía quitándomelos con las manos y extrañando la navaja que desde la otra vez me había bajado; de suerte que por ai quedó una silla, que si no, me revira la jeta de un patín y ni un jijueputa que me lo quitara dencima, y eso que ai había cuates; nomás el gordo, fíjate namás; al único que le sobraron güevos era al que menos le hacían falta, y ai va con el cuchillo, y órale pinche güey, déjelo que se levante; total, que como pude me levanté y ai fue donde me di cuenta que se había roto la vidriera con todo y cochinito, mira, por aquí traigo las marcas todavía, me corté todos los brazos. Pos sí, mano, el Ojales se echa patrás y yo que me levanto, que le arrebato la faca al gordo y que me le voy encima, de buenas que el gordo me detuvo si no sí me comprometo porque ai mismo le hubiera sacado las tripas de un rayón; y el Santos cacheteándose a la Pati sin importarle su estado; me dio harto coraje. Y yo con el hocico floreado, abriéndoseme el chipo en cámara lenta. Órale jijo de la chingada, y pa no hacértela larga, alguien llamó a la chota; total, que el gordo me quita la faca y me esconde en el baño y ai nos quedamos hasta que pasó todo el desmadre; pinche gordo, ya ves Tapatío, me decía, cómo no cualquiera vale la pena, cómo vale más la amistad verdadera, y me limpiaba la cara; ya ves, me decía, mira nada más cómo te pusieron y ninguno de esos hijos de la chingada fue como para meter las manos; pero qué bueno, me alegro, para que te des cuenta de quién vale la pena. Pinche joto, haciendo su luchita, pero ni modo, se portó bien y eso se agradece; el pobre hasta salió perdiendo, por irme a tentoniar, se le olvidó la vidriera y hasta se le fueron sin pagar. ¿La navaja?, la navaja valió pa madres, no te dije que desde la otra vez me la había bajado el Ojales.

Caminan los dos por la calle mientras la lluvia se anuncia con un ligero vientecito que arde en las heridas del golpeado.

—Pinche Filin ¿por qué no te metiste?

El Filin se justifica; llegué tarde, dice. Tú ya estabas con el cuchillo en la mano. El golpeado esconde la cara tras el paliacate.

—Me pegó reduro.

Y muestra los brazos donde los moretones enmarcan en violeta los cortes de los vidrios. El Filin mira en silencio los brazos y asiente con la cabeza.

—Lo hubieras picado —dice.

—Paqué, me hubiera ido pior.

El Filin Gud se deforma bajo la luz de la tarde.

—Va a llover —dice.

—Sí.

El frío parece desprenderse de los árboles, hace que los transeúntes oculten las manos en los bolsillos y claven la barbilla en el cuello. La pareja camina algunas cuadras sin hablar apresurando el paso. La herida arde y duelen los golpes en los brazos.

—Ni modo mano, me tocó la de perder. Me pusieron una trampa.

El Filin afirma con la cabeza muy convencido.

—Ni modo hermano.

—Pobre joto, ni el vidrio le pagaron.

El Filin sonríe con el recuerdo; mira al cochinito con su gorro de cocinero fracturado en el piso.

—Pobre joto, sin vidrio y sin cobrar.

—Sí, todos se le fueron.

—Qué cabrones, lo menos 500 varos perdió.

Allá adelante miran pasar los camiones y apresuran el paso. Además la lluvia ha comenzado a caer; las gotas manchan la banqueta y desaparecen luego. Cruzan la calle y se cobijan bajo los aleros. Más allá, encajonados por los edificios, las siluetas borrosas de los camiones.

—¿Qué camión agarras? —pregunta el Filin.

—El Violeta-Perú —contesta—, ya no ha de tardar.

El golpeado mueve la cabeza con insistencia. El Filin lo mira, insiste.

—De Dios que le hubieras dejado ir un piquete.

—Nomás por no comprometer al puto, seguro que le clausuran el changarro; pero ganas no me faltaron. Hijo de su rechingada, te juro que no me faltaron ganas de sacarle las tripas y dejárselas al puto de propina.

—El Santos se ha vuelto muy ojete —dice el Filin.

—Cabrón joto, se portó bien machito.

—Sí hombre, quién lo iba a decir.

La imagen del gordo hace su aparición; con la faca en la mano, con el mandil color de rosa: Cockis, dice el nombre bordado. Los cachetes blandengues, los ojos mansos.

—Pinche joto —aprueba el Filin.

—¿Por qué no te metiste, mano?

El Filin hace un gesto de desagrado. Le molesta la insistencia de su amigo. Da unos pasos por allí y se asoma a la calle para ver si viene el camión.

—Cómo tarda —dice.

—Sí —contesta el otro encogido tras el paliacate—. Me arde un chingo.

—Ora que llegues a tu casa te pones harto yelo, y si ni eso te consuela, pos con esta mujer te acuestas.

Y le pone en la mano una anforita de tequila. A lo lejos, las manchas de los camiones parecen quedarse en el mismo lugar. El Filin recuerda:

—Pero bien que se cobró la ayuda. ¿O me vas a decir que no?

—Ora, pos qué te pasa; yo a eso no le hago.

—No, si el que lo hace es él, no tú. A poco me vas a decir que no te metió la mano, ai los dos solitos y tú sin poder hacer ruido, o me vas a decir que no.

—Quiubo, qué te pasa. No... bueno, la lucha sí la hizo; pero además tenía razón, que ya ves cómo te pagan, que qué valientes tus amigos...

—Uy ¿otra vez con eso? Ya te dije que yo llegué después.

—Pos no chingues entonces.

—Si no chingo, nomás pregunto.

El golpeado se queda en silencio. A su alrededor la gente aguarda también; algunos se cubren con periódicos y abandonan la protección del alero para correr por la acera.

—Pinche Ojales, se lo han de comer los perros.

El Filin lo mira muy extrañado.

—¿Y por qué los perros? —pregunta.

—Porque yo sé que le tiene miedo a los perros.

El Filin le da golpecitos en la espalda.

—Tikirisi carnal, ya los chingadazos te afectaron la cabeza.

Las gotas caen, redondas, separadas, a mitad del asfalto.

—Pinche camión.

—¿Y la Patricia, qué hacía?

—Que qué hacía. Qué no le hacían, dirás. Andaba como chancla vieja a punta de madrazos. Se ve que el ciego tiene la mano pesada, y luego, pacabarla de amolar, el Ojales quería darle lo suyo. Ni lástima le tenían a la pobrecita, digo, contimás en su estado.

El golpeado lo mira fijamente.

—¿Tú qué sabes de su estado?

—No, digo... Yo nomás decía. Acabando de salir del bote.

La gente atiende a la plática, atrapa palabras, frases. Algunos observan de reojo, otros los miran detenidamente: la sangre en el pañuelo, partes de la cara del golpeado. Señalan la botella que uno de ellos sostiene.

—Sí... pobre Pati.

—Pobre, cuál pobre. Pendejo serías si te pones ora a compadecerla que ella buena culpa tuvo. Qué casualidad que los encontraron ¿no?, y menos por allá que ni siquiera son sus rumbos.

—No, pos eso sí... a lo mejor...

—¿A lo mejor?... a lo seguro, dirás.

—Pos sí; pero sus madrazos sí se los llevó.

—¿Y qué? ¿ya por eso te vas a condoler? Tikirisi, carnal. Lo hicieron namás pa despistar.

—Puta pa tu despistar. Qué no dices que la pusieron como camote.

—¿Y a ti qué, carnal? Déjale el sufrimiento a los artistas que para eso están. Si tuviéramos que soportar penas ajenas pos nomás hace mucho que estaríamos como los plátanos, apachurrados y hasta abajo.

—Újule, si ya hasta saliste filósofo.

—Pos la escuela de la vida, mano. No será de la Unam pero ya ves, algo es algo.

—Újule, no me hagas reír que tengo la boca partida.

—Pos lo dirás de broma, carnal.

Las luces empiezan a encenderse. Son las seis de la tarde. Surge la ciudad prendida de luces. La tarde, encuadrada por los edificios, parece a lo lejos una ventana abierta.

—Pinche camión... ¿Y dices que también estaba el Ceguetas?

—Seguro que sí.

—¿Por qué no le llegaste, mi Filin?

—Tikirisi boi, tikirisi, el Ceguetas está ciego; me endrogo pa todos los días de mi vida si me sueno a un ciego... Además ya te dije que llegué bien tarde.

—Ai viene uno.

Los dos se asoman a la calle, se inclinan un poco al borde de la acera para distinguir el número de ruta. El golpeado saca algunas monedas y las examina en la palma de la mano; reúne el costo del pasaje y regresa el resto. Juega con las monedas en la mano mientras que con la otra oculta la boca despanzurrada tras el paliacate.

—Es el tuyo —dice el Filin—. Métete la botella debajo de la camisa pa que no te la vean.

El camión se aproxima cargado de gente. Los fanales envuelven con una luz color limón a la pareja.

—Súbele —dice el Filin—. Mañana te busco.

. . . .

109

Arde el tequila en las heridas, mete la uña en las rajaduras de tu boca mientras el marco de la ventanilla molesta en los moretones de tu brazo. Te tientas la boca esperando encontrar las costras de sangre, miras tus brazos y palpas tu estómago buscando el bulto de la botella; pero no encuentras nada porque éste no es el camión ni la botella es la botella ni el movimiento que zumba zumbando desde adentro es el mismo. Sin embargo la navaja abulta bajo el pantalón. ¿Pos no que te la había robado el tal Santos Ojales porque le hiciste un hijo a su mujer y te echó a su flota pa que te madrearan?

Te imaginas a Santos Nahual y a todos sus kalimanes cuidándole la panza a la Patricia, esperando alrededor el nacimiento del niño para enseñarlo a guerrear, a mirar retobado, a hundir la rodilla en los testículos, a convertirlo en el rey de los diablos como la película esa del bebé de Rosamaría. Pero tú no lo vas a permitir porque le vas a vaciar la barriga a la Patricia en la primera oportunidad que tengas aunque tengas que matarlos a todos y aunque no sepas cómo vas a hacerlo porque todo está revuelto y ya ni siquiera recuerdas cómo empezó todo: ....
....
....
....
....
....
....

Ayer fuiste a la peluquería. El Sisers estaba leyendo en la puerta y cuando vio que pasaste junto a él y te metiste fue detrás de ti y doblando el periódico te señaló el sillón peluquero y te dijo "por aquí, joven". Hacía mucho tiempo que no lo veías; desde los tiempos de la conscripción, cuando te hacían peluquearte cada quince días y el Sisers, que no sabía que le decían el Sisers, había aprendido a reconocerte. Te hacía plática, te preguntaba por lo que hacían en el campo militar y si ya sabías disparar. Y tú, mientras sentías la maquinita haciéndote cosquillas alrededor de la cabeza, le contabas lo que hacías y lo que no hacías. Que el domingo pasado habías disparado con ametralladora y que lo habías hecho tan bien que el capitán te había puesto con los ametralladoristas; pero que a ti te gustaba más usar pistola y echar granadas, que había una como ciudad llena de calles, casas, bancos, fábricas, escuelas, para que ustedes practicaran y que un domingo sí y otro no, iban todos ahí y hacían una como guerrita con granadas y ametralladoras y a veces hasta con tanques. Lo sentías sonreír cerca de tu nuca mientras caían los pelitos desde tu cabeza y empezaban a picarte en el cuello. Luego empezaba a contarte de cuando había sido soldado, bueno, soldado no; miliciano, que aunque se parezca no es lo mismo. Y que él y un amigo se habían ido a España hace ya mucho tiempo a pelear contra los fachistas; luego se ponía a cantar canciones chistosas que nunca habías oído y te decía que no, que no era Mérida sino Lérida; que aunque allá también había una Mérida, ésa era Lérida, la ciudad de su cuate el de la panadería que se había venido de España huyendo de los fachistas. Entonces tú le dijiste que mañana... No, que mañana no, que muchos años después, luego de una peluquiada parecida, irías a ver a otro español para pedirle trabajo y que por eso te estabas peluquiando porque buen porte y buenos modales abren

111

puertas principales y la de Don Cayetano era muy principal. Entonces te contestó que si querías le hablaba a su amigo el de la panadería para que te diera trabajo pero tú le dijiste que no, que muchas gracias, que ya estabas cansado de andar oliendo a gasolina y con grasa hasta en los ojos y que qué diferencia había entre traer grasa o masa en las uñas. Entonces él te dijo que la misma que había entre ser español de allá y gachupín de acá; pero no le entendiste y no quisiste preguntarle porque todavía tenías que ir a comprar la navaja de esas que sirven para todo. Pero el Sisers siguió de largo hablando de su amigo el español y de su hijo que se le había volteado y ya hasta se le había metido a trabajar en un banco y todo el día andaba oloroso a dinero; pero lo que no sabían todos era que por las noches, cuando había luna llena, le pasaba lo que a los vampiros; y tú le dijiste que sería como a los hombres-lobos, porque a los vampiros no les pasa nada con la luna; al contrario, se ponen más alborotados. Y él dijo bueno, como a los hombres-lobos; que con la luna le salía barba y botas de campaña y hasta le crecía una metralleta en la punta de las manos y se iba por ahí en las noches a balacear policías y a quemar bancos y eso era lo único que consolaba a su cuate el español; pero le daba miedo que un día de estos se le fuera a quedar la luna entre los ojos y se pasara de la noche al día y entonces sí se lo fueran a matar. Y tú te quedaste callado y pensaste ah, qué viejito éste, ya se le botó la canica, y mejor ya no le seguiste hablando. Pero ahora te das cuenta de que todo lo que le contaste no se lo pudiste haber contado porque todo eso pasaría mucho tiempo después, en el tiempo de ayer. Ayer no te reconoció. Pasaste junto a él y te señaló el

sillón peluquero y te dijo siéntese joven, cómo lo vaquerer. Y tú le dijiste, bajito por favor, y estuviste a
punto de decirle "como antes", pero te arrepentiste porque estabas seguro de que ya no se iba a acordar. Y el
Sisers comenzó a trasquilarte y tú buscaste con los ojos
el almanaque de la Flor de Lérida pero no lo pudiste
encontrar y te preguntaste si ya habrían matado al
Güerito Villar, hijo del español panadero. Luego escu-
chaste la maquinita roerte la cabeza y en una de esas
el Sisers te preguntó que si así, y tú, un poco apena-
do, le dijiste, más bajito, por favor. Entonces él, seguro
que muy serio detrás de tu cabeza, dijo: Qué, se va de
cadete al Colegio Militar, y tú le dijiste que más o
menos porque ya sentías la gorra embonar perfectamente en tu cabeza. El viejito se puso a refunfuñar allá
atrás y tú pudiste reconstruir lo que estaba pensando
porque ya te lo sabías de memoria. Luego, livianito,
pesando menos que el aire, saliste de allí y caminaste
otras tres cuadras mientras el viento te arrugaba la
cabeza. Entraste en la tlapalería y le dijiste al encargado que ésa, la que está junto a la de botón; y pensaste que si no sería mejor comprar la de botón, pero
recordaste lo que había dicho Don Cayetano y te deci-
diste por la navaja que lo hace todo. Le pagaste al
dependiente: $ 68.50 y te regresaste otra vez a la gasoli-
nera y el Pelón Esquivel y el Filin Gud y todos los
del taller te hicieron fiu fiuuu y te sobaron la calva
y echaron los albures de siempre, quel pelón sobabas,
quel pelón te arrimo, que qué le dijo un pelón a otro
pelón, pe-lo-no-te-no-jes. Y luego, ya en confianza con
el Filin, le preguntaste que cómo le hacías para qui-
tarte tanta grasa de las uñas y él te dijo que las remo-
jaras en agua de jabón, que así le había hecho cuando

113

se casó; pero luego, muy serio, te preguntó que si en verdad creías que el pinche gachupín te iba a dar la chamba, que todos eran unos jijos de su pelona; pero tú le dijiste que una cosa era ser gachupín de acá y otra español de allá; que Don Cayetano era cuate de un cuate tuyo, también español y dueño de la Panificadora La Flor de Lérida, y hasta la explicaste lo de la eme y la ele y toda la cosa. Ya en la noche llenaste la palangana de agua caliente y derretiste un camay y metiste las manos y viste lo que le pasa a los vampiros cuando los agarra el sol desprevenidos; poco a poco, la piel se te fue arrugando y poniéndose blanca como cáscara de cebolla; luego de una hora, empezaste a cortarte las uñas y como pudiste fuiste escarbando lo negro con la lima y antes de dormirte te echaste un poquito de crema. Y hoy domingo caminas hasta la calle de Mina y agarras un Ginebra-Defensa y te vas viendo el medio día desde la ventanilla, y pasas por la calle donde un tal Santos Gallardo robaba a los que se dejan y luego por una de las fábricas de Don Cayetano y miras cómo las casas se hacen más bajas y las calles se achican hasta casi apretar el camión y miras a lo lejos al cielo abalanzarse por todos lados y a los árboles aparecer a la orilla de la calle. Te bajas y caminas y caminas hasta que encuentras la calle de Don Cayetano toda llena de eucaliptos y casas enormes mientras pisas las hojas que truenan en la banqueta y sientes el friíto en tu nuca. Luego llegas a donde empieza la barda de la casa y miras hacia arriba para darte cuenta de lo alta que es y, de pronto, te topas con el portón color caoba y namás por no dejar porque sabes que por ahí no se entra, te asomas por entre las rendijas y ves las tiras de una casa enorme pintada de blanco, muebles de alam-

114

brón en el jardín y el pasto que se empareja como un mar de color verde. Del otro lado de la calle, dos tipos tratan de arrancar un coche. El cofre abierto como si bostezara. Uno de ellos, acostado en el asiento delantero, mete la cabeza y trajina con los pedales. Sigues bordeando la barda hasta que llegas a la esquina; das la vuelta y caminas hasta encontrar la puerta de servicio. Es muy pequeña y tiene a un lado la bocina del interfón con su botoncito rojo empotrada en el muro. Te frotas las manos para secar el sudor y sumes el botón. Esperas un momento, luego oyes un ruidito de metal; luego una voz. "¿Quién...?" No sabes qué decir... La voz insiste: "¿Quién es...?" "Yo —dices—, un ami..., un conocido de Don Cayetano." "¿Qué cosa quiere?", dice la voz. "Vengo a hablar con Don Cayetano", dices. "Don Cayetano está dormido, venga más tarde" y otro clic se oye del otro lado. Tratas de ver el sol para ver si es tan temprano, miras hacia ambos lados de la calle y no sabes qué hacer. Regresas a la esquina y miras a los hombres trajinar con el carro. A lo mejor podrías arreglarlo pero piensas en tus manos y en la grasa otra vez ennegreciendo tus uñas. Te quedas ahí, mirando. Luego los hombres azotan el cofre y las puertas y se van muy enojados. Cuando los ves doblar la esquina te acercas al carro y lo estudias desde afuera. Te preguntas si así será el carro que te tiene prometido Don Cayetano y recuerdas el sonidito sabroso, tibio, que hacen los carros buenos. Te recargas contra la puerta delantera. Luego ves aparecer a una mujer que camina hacia ti con una bolsa de papel en las manos. Le das la vuelta al carro y te recargas, ahora del otro lado, parado en la banqueta. La muchacha te mira; sacas las llaves de tu casa y las juegas en la mano.

La muchacha, chapiada por el airecito que baja de los eucaliptos, mira el carro y luego te mira a ti. "Buenos días, mi reina", le dices cuando pasa. La muchacha no contesta pero la miras sonreír. Miras sus caderas y sus piernas con calcetas rojas. Dos puertas más allá se detiene y mete una llave en la cerradura; antes de desaparecer, la miras sonreír otra vez y entonces tú sonríes también, te frotas las manos y dices que ya estuvo. Luego vuelves a mirar el sol y te preguntas qué horas serán; estudias tus uñas desde diferentes ángulos y miras otra vez a los hombres acercarse al carro ahora con herramientas en las manos. Empiezas a alejarte de ahí, caminas algunos pasos en la dirección que siguió la muchacha, luego cruzas la calle y caminas hacia la puerta de servicio. Te sientas en la banqueta de espaldas al botón rojo. Cuentas tus respiraciones; luego las haces más profundas y el conteo se retarda; llegas hasta cien, ciento veinte y te mareas. Dejas de respirar tan hondo, cuentas otra vez hasta diez, te levantas y aprietas el botón. "¿Quién...?"... "Soy yo, el de antes..." Un silencio allá adentro. "¿Qué cosa quiere? Don Cayetano está desayunando." "Él me dijo que viniera, dígale que soy el de la gasolinera..." "Espere un momento", dice la voz. Desde allá te llega el vacío, murmullos, un aire lleno de polvo. Estás muy pegado al interfón tratando de que nada se te escape, respiras el olor metálico del aparato; luego, escuchas pasos del otro lado de la puerta y te retiras un poco. La puerta se abre y aparece alguien que no es Don Cayetano. "¿Qué se le ofrece?", dice. "Quiero hablar con Don Cayetano." "Ya le dije que está desayunando pero yo lo puedo atender." Te rascas la nuca pelona, no sabes qué decir. "Es que él me dijo que..."; escuchas ladridos y corretear de patas;

116

luego aparecen los perros y los miras ladrarte del otro lado del hombre. "¿Qué cosa le dijo...?" Los perros echan la cabeza para atrás al ladrar; el mayordomo, de ojos achinados y bigotito, apenas puede contenerlos con el cuerpo, de espaldas a los animales. "Apúrese que se me van a salir los perros", dice. "Me dijo que me iba a dar trabajo." "¿Trabajo de qué? Aquí no hay ningún trabajo", dice el hombre mientras sus nalgas y piernas luchan con los perros. "Pero es que él me dijo." "Pero yo le digo que no hay ningún trabajo y mejor voy a cerrar la puerta porque se me van a salir los perros." El hombre te da la espalda y se inclina para coger a los perros por los collares; con el pie cierra la puerta mientras trata de aquietar a los animales. "Quietos, paradentro, vamos, paradentro." Te quedaste ahí unos momentos sin saber si volver a insistir o no, oyendo las comorisas de los perros del otro lado de las paredes. Luego te diste media vuelta y empezaste a caminar. Pensaste en lo que dirían en la gasolinera, en la navajita. Caminaste aprisa por la calle de eucaliptos; los hombres no podían echar a andar el carro. Caminaste por ahí sin saber qué hacer y hasta pensaste en regresar. Te imaginaste la cara del Filin y la de los cuates del taller, al Pelón Esquivel y otra vez al Filin diciéndote "te lo dije, pendejo". Pensaste que lo mejor sería no regresar a la gasolinera para no pasar la vergüenza y todos creyeran que andabas ya de tacuche manejando un Mercedes. Pensaste ir de noche a la gasolinera y prenderle lumbre a los depósitos para que todos se fueran a chingar a su madre, pensaste muchas cosas y se te fue pasando el tiempo pero no el coraje. Dejaste atrás las calles sin ruido y te metiste por otras llenas de gente. Entonces te diste cuenta que ya andabas muy lejos y tuviste que caminar mucho para regresar otra vez. Pasaste de nuevo por la casa de Don Cayetano y te paraste frente a la puerta de color caoba pensando que a lo mejor si tocabas por ahí sí te recibirían. El coche ya no estaba en la calle pero había una mancha de aceite en el pavimento. Te asomaste por las rendijas del portón y miraste la casota sumida allá al fondo. Empezaste a caminar otra vez sintiendo el aire y el silencio; volviste a entrar en calles con ruido y caminaste hacia donde tenías que tomar el camión. Llegaste a la esquina y ya te dolían mucho los pies. Buscaste un lugar para sentarte pero las banquetas estaban de a tiro muy cochinas y no querías ensuciarte los pantalones recién estrenados. Atrás de ti miraste una tienda de ultramarinos; viste las botellas alineadas en el aparador rodeadas de bolsas de papas fritas y latas de cacahuates. Te asomaste a la calle para ver si no venía el camión y entraste a la tienda. El dependiente te preguntó que qué se te ofrecía y le dijiste que una anforita de tequila. El dependiente agarró un papel e hizo el intento de envolver la botella; pero luego te sonrió y te dijo: "Qué ¿se la envuelvo o se la lleva puesta?"... "Así está bien", le dijiste. Esperaste recargado en la pared hasta que miraste venir el camión todo emborronado por la sombra de los árboles y te diste cuenta de que ya era muy tarde. Te sacaste la camisa y metiste la botella debajo, te acercaste a la esquina y levantaste el brazo. La gente te ve subir con una mano en el estómago como si tuvieras dolor de barriga; pero después algunos descubren el bulto bajo tu camisa y sonríen porque te creen relleno de lombrices.

Pero todo pasó hace ya algunas ¿horas? ¿minutos? Ahora viajas en un camión medio vacío al otro lado de la ciudad. Cuando abres los ojos te das cuenta de que el hombre que ha venido siguiéndote está al otro lado del pasillo mirándote otra vez; entonces tus ojos se juntan con los de él como perros que se olisquearan el culo. El hombre aparta la cara; mira hacia adelante y te enseña el perfil puntiagudo; la nariz y la boca abultadas en una trompa de perro. De reojo arriesgas una mirada y lo miras levantar la mano para rascarse la cabeza; al hacerlo parece que te bendice porque sus cinco dedos, pegados en dos, remedan burdamente la señal de la cruz.

. . . .

Quedamos de vernos en La Raya, la cantina a la que acostumbraba ir Santos Ojales y sus amigos; cuando llegue él ya estaba ahí, sumido en un rincón, mirando hacia todos lados aunque parecía no mirar hacia ninguno. Recuerdo que sentí frío, no tanto por las paredes vacías y el friecito que les salía, sino porque me sabía a solas con él, con el Carecán, jefe de la Sección de Servicios Especiales de la Procuraduría.

Me habló por teléfono a la gasolinera y yo le dije que estaría allí; le pedí permiso al Pelón Esquivel y no le dije nada al Filin porque ya sabía muy bien de qué lado cojeaba. Me fui en camión. Luego vi el poste de luz donde el Ojales acostumbraba fumarse cigarros ajenos. Me bajé una cuadra después, frente a La Raya.

Entré a la cantina y me fui derecho hasta la barra

porque pensé que no había llegado todavía. Después supe que se me adelantó, que había llegado desde antes para asegurarse de que la trampa no era para él. El gordo me dijo quiúbole y yo le dije que lo de siempre. Nos pusimos a platicar un rato. Luego, de repente, oí un tronidito de dedos; un sonidito aguoso que salió de un rincón.

A nadie le gusta que le truenen los dedos por eso el gordo se hizo el desentendido. Luego, en lugar del tronido, apareció la voz. "Cerveza", dijo; y yo no tuve más remedio que voltear. Era él, el Carecán, trague y trague cerveza. Y no me dio tanto miedo él, sino que estuviéramos los dos, ai solos.

Agarré mi cerveza y caminé hacia él. Tenía la cabeza gacha y parecía mirar las ruedas de agua que marcaban las botellas en la mesa; pero yo estaba seguro que tenía los ojos bien puestos en mí; que no me perdía un solo detalle. Me paré frente a él como diciéndole, "soy yo, el del teléfono". Pero no me devolvió la mirada; como que no hacía falta, como que se enteraba de todo lo que pudiera suceder frente o a espaldas suyas; callado como una mosca, manoseándose de vez en cuando la boca abultada.

Cuando hice el intento de sentarme levantó una mano y me detuvo. "Nomás señálamelo", dijo. Yo quería platicar con él para que supiera por qué lo hacía y para que se me fuera un poco la desconfianza, lo que sea de cada quien, pero no me dejó. "Siéntate por ai para que no nos vean juntos." Volví a agarrar mi cerveza y me fui a una mesa en el centro del salón. Feo el hijueputa, con una bocota salida como si trajera un pedazo de carne dura en la boca y no se lo pudiera tragar.

120

Luego entraron los otros dos; Santos Ojales y su cuate el Ceguetas. Deslumbrados por la luz de allá afuera, no me reconocieron; mejor dicho, el Santos no me reconoció porque el ciego había estado deslumbrado toda su vida. Siempre decía que traía la luz por dentro y que por eso era bueno pa los versos y las canciones. El ciego se sentó cerca de mí y el Santos se fue hasta la rocola. El gordo le dijo que no estaba conectada; el Santos le dijo: "Pos órale ¿no?" El gordo se agachó detrás del aparato y ofreció su culo inmenso; el Santos hizo como que le echaba la moneda por las nalgas y bailó al compás de la música que tocaba el culo del gordo sin dejar de mirarme, porque ya me había descubierto entre la oscuridad. Pinche Ojales, siempre con sus pinches payasadas creyéndose muy chistoso. El gordo dijo "Yastá" y el Ojales encendió la música, pidió dos cervezas y se fue a sentar. Cuando pasó junto a mí me dijo "Quiubo Tapatío... vente con nosotros"; me levanté y cuando fui detrás del Ojales miré hacia donde estaba el Carecán, calladito, esperando. Muy acostumbrado debía de estar, se le veía desde lejos.

La rocola chisgueteaba luces, nos iluminaba la cara; en una de esas vi al agente relamerse los labios en busca de las gotas de cerveza. Poco después cesó la música. Todo se detuvo y todos nos miramos. El gordo acomodaba botellas en los estantes, la camiseta aguada le colgaba como una doble piel y los pelos del sobaco, mojados de sudor a pesar del frío, se le salían por las mangas.

La música volvió a encender las luces y yo miré hacia la rocola. Era el Carecán. Parado junto al aparato, las luces le erizaban el cuerpo y le hacían brotar pelos de colores. Con una mano se apoyaba en la rocola mirando las selecciones, con la otra se rascaba la cabeza.

El Ojales ni se las mascaba y a mí me dio miedo de que empezara la balacera estando yo tan cerca. Pero no pasó nada; regresó a su mesa y se metió tras las botellas vacías.

El Ojales me dice que andaba pedo y que por eso fue el desmadre; que total, por qué perder una buena amistad por una vieja que ya los dos nos habíamos cogido. Yo sé que me está diciendo eso nomás para disfrazar la cosa. Que me está diciendo todo eso para que pase el tiempo y el niñito crezca y crezca hasta que ya no haya más remedio. Lo que no sabe es que conmigo se va a chingar. Por eso, pa seguirle el juego, le pregunto por la navaja y me dice que él no la tiene. "Entonces quién", le pregunto. El Ceguetas dice que fue el Filin Gud el que se quedó con ella. Le digo que cómo carajos lo sabe si está más ciego que José Feliciano, ¿o a poco ya se te olvidó? Él me dice muy sonriente que puede verlo todo con los ojos del corazón. Con los ojos de tu chingada madre, pienso entre mí. "Derecho, carnal, dice el Ojales, yo no me quedé con ella. Tú bien sabes que nunca uso pistola y mucho menos navaja." Luego se le queda viendo al ciego y los dos sonríen. "Fue el Filin, vuelve a decir el Ceguetas, si hasta él fue el que nos pasó el pitido de que tú te andabas amachinando a la Patricia." "Ya mejor que ai muera", les digo; pero el Ojales sigue disculpándose.

Sin hacer caso de lo que dice el Ojales me dedico a mirar al Carecán y a esperar un buen chance para hacerle al judas y que se los cargue de una vez. Los chispazos de la rocola le señalan la mano mala y se la miro. Luego, cuando levanta la botella transparente, se me figura que hasta nos está echando la bendición porque sus cinco dedos, unidos en dos, imitan a la perfección la señal de la cruz.

En ese momento se detiene otra vez la música y el Ojales dice "Ora te toca a ti"; pero el Ceguetas se opone. "Y yo por qué. Ai que vaya otro más pendejo." El Santos ha ido sacando las monedas y encimándolas en torres sobre la mesa. Me decido a ofrecerme y darle chance al Carecán de que cumpla su misión pero el Santos se me adelanta. "Vamos a echar un volado", el ciego acuerda. "Juega, un volado." Para no despertar sospechas digo yo también que sí.

Echamos un disparejo y yo pierdo; o mejor dicho, gano porque es a mí a quien le toca pararse para ir a pagar la música. Por no dejar digo: "Pinche, puta suerte"; y empiezo a levantarme de la silla. "Ni hablar hermano —dice el ciego—, sólo la suerte lo hace a uno servirle de gato a otro cabrón."

De pie recojo las monedas y empiezo a caminar hacia la rocola contento de poder alejarme de ahí; pero luego de tres pasos me regreso y me inclino sobre Santos Ojales, le paso los brazos por los hombros y le digo en voz alta. "Tonces ai muere todo, mi Santos." El Ojales sonríe y mueve la cabeza diciendo que sí. Me voy a la rocola y empiezo a meter monedas y a apretar botones. De sesgado miro cómo el Carecán se levanta y saca dinero de la bolsa y lo amontona sobre la mesa; luego camina hacia el centro del salón, pasa entre la rocola y la pareja en la mesa y se coloca detrás de Santos Ojales. Yo echo y echo monedas en la rocola que chisporrotea y chilla los versos de Don Benito Canales. Parece que el Carecán sólo quiere irse; pero saca una pistola y le pega a Santos Ojales tres balazos en la espalda. Me oculto tras la rocola; el ciego parece no darse cuenta de nada y el gordo, tras la barra, voltea como si sólo hubiera escuchado el escape de algún camión.

El Carecán sale de la cantina. Santos Ojales cae de cara a la mesa y luego, poco a poco, se va resbalando hacia el suelo. El gordo se da cuenta de lo que sucede y grita. El ciego se levanta y se tropieza con todas las sillas y se cae también como si toda la ceguera que antes nunca sintió se le amontonara de golpe en ese momento. Luego, al ratito, entra un montón de policías y apañan al ciego y yo pienso que a lo mejor hasta cargan conmigo. Uno de los policías, vestido de civil, se acerca a la barra y le dice al gordo: "¿Es usté el dueño del negocio?" El gordo dice que sí. "Está usté detenido", dice el agente; el gordo no contesta, parece dormido detrás de la barra. Luego el agente me ve y me pregunta: "Usté quién es"; me quedo callado. "Conteste", grita el agente. Otro policía, también de civil, se acerca y le dice: "Déjalo que se vaya. Tómale la dirección y que se vaya." Escuchas una sirena que se detiene en la puerta. Entran los de la Cruz Verde y se acercan a Santos Gallardo. El ciego está esposado y parece más ciego que nunca. El gordo está muy triste y con ganas de llorar. Le das tu dirección al agente y luego le preguntas que si ya te puedes ir. El agente namás te hace una seña.

Afuera tienes que cerrar los ojos porque la luz te los alfilerea. Un montón de gente trata de asomarse a la cantina pero ya los policías están bajando las cortinas de metal y uno de ellos espera con una lata de engrudo y los sellos de clausura. Luego sale el Santos con los pies por delante; te fijas que junto a la Cruz hay un montón de perros que olisquean el aire.

Caminas algunas cuadras, te metes a una licorería y compras una anforita de tequila; para que la gente no te la vea, la escondes bajo la camisa. Te detienes en

una esquina a esperar el camión que ya no debe
tardar.

. . . .

La mano termina de rastrillar la mata de pelo y regresa
a su escondite entre las piernas del hombre. Te preguntas si no habrá sido él quien te metió todos esos
sueños en la cabeza o que si verdaderamente todo sucedió porque estás pedo y ya no sabes si hoy es ayer y
los eructos del tequila apestan en tu boca y se te arremolinan en el estómago.

El camión se avienta contra el asfalto y las calles
pasan junto a ti como las aspas de un ventilador. Las
luces de los faroles te dan brochazos en la cara. La
lengua lodosa supura tequila. Atrás, las pocas viejas
que quedan, empiezan a cuchichear escondidas en los
rebozos; pero lo que más te molesta es el lodo que se
campanea en tu cabeza y el olor que te sale por la
boca. Metes la mano en la bolsa tratando de encontrar
algo que te taponee el olor que te viene desde adentro
como si ya se te hubiera roto el corazón de tantos corajes; pero sólo encuentras la navaja buena-para-todo.
La descansas en una pierna y continúas registrándote
hasta que la miras caer al piso. Te agachas para reco-
gerla pero todo el cocido de tu estómago se te va a la
cabeza y amenaza con clavarte en el piso del camión y
llenarte el cerebro de vasquiña. Entonces sientes que
una mano se te mete por la boca y te revira el estómago

125

como si fuera un calcetín, guac, el vómito, solemne desfilando hasta abajo y encharcando el piso del camión.

Vuelves la cabeza y miras al careperro levantar la mano y colgarse del cordón de llamada. Te das cuenta que fue él quien te metió todas esas cosas en la cabeza, que fue él quien mató a Santos Gallardo, que fue él quien te convirtió en un judas. Te das cuenta que vas a tener que matarlo para poder dormir tranquilo otra vez; pero ahora lo miras levantarse y caminar por el pasillo pero no estás dispuesto a dejarlo ir. Te levantas también y vas tras él pero camina muy aprisa y el pasillo se alarga y se angosta y se sume. Te metes la mano en la bolsa y sacas la navaja de botón mientras te detienes de las agarraderas de los asientos y, clic, aprietas el botón colorado y salta la cuchilla como una lengua de serpiente. La gente te mira caminar por el pasillo con los ojos enrojecidos y la navaja en la mano y seguramente piensan que eres una aparición de esas que se sueñan en las siestas de los camiones. Pero la navaja es real y también es real el Santos Gallardo que aparece sobre el cuerpo del hombre. Te detienes, guiñas los ojos muchas veces para comprobar que todo es falso pero la visión permanece. La gente murmura, borracho indecente. El chofer te mira desde el espejo. Insultas a Santos Gallardo y le dices Ojales, Culero, Siluetas, Terror, mientras te sonríe desde el otro cuerpo. Te vuelves a mirar a todos muy indignado por la falta de precaución. ¿Qué no miran, pendejos? ¿Qué no se dan cuenta? Giras sobre ti mismo, trastabillas y bailas la danza de los ebrios. Ay, te lamentas. La luz molesta tus ojos. Ay, ay, ay, gritas amariachado y la gente sonríe porque te cree contento. Pero ya estás frente al hombre que mató a Santos Gallardo. Te mira muy extrañado

mientras espera la parada junto a la puerta del camión.
"¿Güat japen?" "Aquí no hay parada, señor", le dices
mientras haces salir la hoja de plata ideal para matar
vampiros y nahuales contimás un pinche cristiano.
Cortas el gaznate aguajolotado; irrumpe la sangre en
tecnicólor, le brota del pescuezo una roja llamarada
en cámara lenta que se detiene en el aire dibujando la
cresta de una montaña, y que luego cae y rebota y sal-
pica los zapatos de los pasajeros. El hombre aletea agó-
nico, mitad en el asiento, mitad en el pasillo, los últimos
espasmos de su chaquetera vida.

Pudiste haber hecho todo esto; te pudiste haber levantado para caminar por el pasillo jugueteando con la
navaja. Pudiste haber llegado hasta el hombre y abrirle
el cuello de un tajo. Pudiste haber hecho todo eso y
más, pero no lo hiciste. Te quedaste ahí, despatarrado,
quieto, como si te olisquearan perros bravos. El tufo
del aguardiente ascendiendo desde tu boca entreabierta,
regurgitándote en la garganta de tan borracho. El periódico sobre el asiento balbuciendo SON VILLAR PLOMO
POR VICIOS ADOS y la huella de la navaja, porque hasta
eso habías perdido, solitaria como un cauce seco.

Siendo Rector de la Universidad Veracruzana el licenciado Roberto Bravo
Garzón, se terminó de imprimir este
libro, en Fuentes Impresores, S. A.,
Centeno, 109, México 13, D. F., el
día 30 de noviembre de 1979. Se tira-
ron 3,000 ejemplares y en su compo-
sición se usaron tipos Baskerville de
8, 10 y 12 puntos.